KB057963

문어

문어

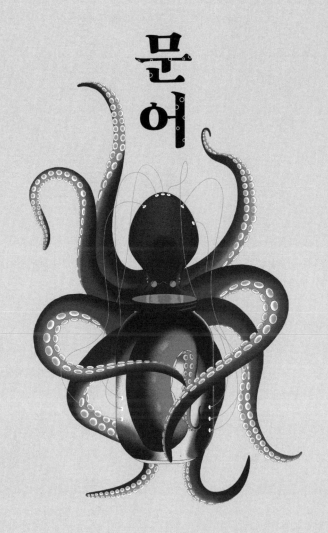

김동식 소설집 9

요다

차례

문어

"할아버지!"

연구실의 문이 열리며 귀여운 남자아이 하나가 노인을 향해 달려왔다. 소파에 앉아있던 노인은 반가운 기색으로 아이를 번쩍 들어 무릎에 앉혔다.

"어이쿠, 이 녀석! 이 시간에 여긴 어쩐 일이냐?"

"할아버지 일하시는 모습 보러 왔어요! 학교 숙제예요."

"학교…?"

그때, 뒤따라 들어온 남자가 노인을 향해 겸연쩍은 표정을 지으며 말했다.

"죄송해요, 아버지."

노인은 다 이해한다는 듯 아들에게 고개를 끄덕여 보였고, 아들은 잠시 뒤에 돌아오겠다며 문을 나섰다.

손자와 둘이 남은 노인은 사랑이 가득한 표정으로 아이의 등을 한없이 쓰다듬었다.

"그래, 학교 숙제가 있구나."

"으응⋯."

부드러운 노인의 손길을 느끼며 까무룩 잠든 아이는 퍼뜩 정신을 차리곤 말했다.

"아이, 할아버지는 만날! 그러면 잠 온단 말이야. 오늘은 숙제 때문에 잠들면 안 돼. 할아버지 얘기 좀 해줘요. 무슨 일 해요?"

"허허. 그래, 알았다."

노인은 아이의 등을 토닥이며 아이를 옆으로 앉혔다.

"이 할아비는 인공지능 안드로이드 만드는 일을 한단다. 손님들이 맞춤형 안드로이드를 주문하면 그대로 만들어주는 거지. 할아비가 젊었을 때만 해도 아무나 못하는 일이었단다."

아이 앞에서 자부심을 드러내는 노인의 표정이 무척 밝았다. 아이는 눈을 빛내며 물었다.

"손님이 만들어달라는 대로 다 만들어줄 수 있어요?"

"물론이지. 할아버지는 솜씨가 좋기로 유명했단다. 덕분에 손님이 끊이질 않아서 한창 때는 정말 바빴지."

"우와. 할아버지 최고! 어떤 손님들이 찾아와요?"

"어떤 손님들이라⋯. 글쎄, 여러 손님이 찾아오지."

기억을 더듬듯 먼 곳을 바라보던 노인은 다시 아이와 눈을 맞추며 말했다.

"할아버지가 흥미로운 이야기 해줄까? 학교 숙제라고 했지?"

"네!"

"그래."

노인은 희미한 기억을 거슬러 이야기를 시작했다.

*

40년이 넘었을까? 서른이 좀 넘어 보이는 남자가 나를 찾아왔단다. 눈이 시뻘겋게 충혈되고 초췌한 몰골로 말이야. 듣고 보니 정말 안타까운 일을 겪었더구나. 바로 전날 어린 딸과 아내를 화재 사고로 잃은 게야. 그는 딸과 아내의 죽음을 받아들일 수 없었고, 내게 부탁했지. 딸과 아내의 신체 일부로 안드로이드를 제작해 달라고 말이야.

난 순수 안드로이드 전문이었지만, 그가 애원하길래 어쩔 수 없이 부탁을 들어주기로 했다. 당시에 아내와 아이가 있었던 입장에서 그의 심정이 충분히 이해되기도 했고 말이야. 그래서 난 정말 심혈을 기울여 안드로이드를 만들었고, 비로소 사내는 예전처럼 딸과 아내와 행복한 가정을 이룰 수 있게 되었단다.

하지만, 그가 돌아간 뒤에도 난 자꾸 마음에 걸렸다. 솔직히 그가 행복할까 궁금했지. 겉으로는 그럴듯한 딸과 아내지만, 사실은 인공지능이잖니? 애써 의식하지 않으려 해도 과연 그럴 수 있을까? 계속해서 스스로를 속여가며 행복을 유지할 수 있을까?

난 솔직히 어렵다고 생각했단다. 심각한 문제가 있었거든. 인공지능 안드로이드는 아무래도, 나이를 먹지 않으니까…. 1년,

2년, 3년, 시간이 점점 흐를수록 그 가정에서는 남자만 혼자 늙어가는 거야. 그도 점점 현실을 깨닫게 될 수밖에 없겠지. 난 그 행복이 절대 길지 않을 거라 생각했어.

현실을 깨달은 그가 두 인공지능 안드로이드를 처분하든가, 현실을 받아들이지 못하고 자살하는 건 아닐까, 걱정했지. 그런 생각이 들 때마다 난 그의 부탁을 괜히 들어주었다며 후회했단다. 상처는 거짓으로 가린다고 가려지는 게 아닌데, 언젠가는 현실을 직시해야만 하는 건데…. 하나 알면서도 참 힘든 일이지.

그런데 말이다. 최근에 난, 정말이지 깜짝 놀라고 말았단다.

40년 전에 내가 만들었던 그 딸과 아내가 나를 찾아온 게 아니겠니? 아주 깨끗하고 멀쩡한 모습으로 말이다. 그 남자는 지금까지 40년이나 자신의 행복한 가정을 지키다가 병으로 사망한 것이었어.

그는 내가 만든 인공지능 안드로이드를 진심으로 사랑했더구나. 본인이 노인이 되어가던 40년 세월 동안 나이도 먹지 않는 어린 딸과 아내를 진짜 가족이라 여기면서 말이야.

놀라웠지. 어떻게 그럴 수 있었을까? 난 그 이유를 죽은 딸과 아내의 신체가 안드로이드에 섞였기 때문이라고 판단했단다. 연구소에서 만들어진 인공지능일지라도 그 일부만은 진짜니까. 그 일부분에 기대어 긴 세월을 버틸 수 있었던 게 아닐까? 마지막 순간까지도 행복하게 눈을 감지 않았을까, 하고 말이야.

이런 묘한 감상에 빠져있던 나는 두 안드로이드의 요청에 더 놀라고 말았단다. 사망한 남편의 몸으로 안드로이드를 제작해 달라는 게 아니겠어?

　일단, 안드로이드가 안드로이드를 제작하는 건 불법이란다. 그건 정말 당연한 상식이거니와 그것을 요청했던 안드로이드조차도 존재하지 않았어. 나는 처음으로 그런 안드로이드를 목격하게 된 거야. 자신의 남편을, 아버지를 만들어달라는 안드로이드를 말이지.

　난 혹시나 그것이 사망한 남자의 요청이었나 싶어서 물었는데, 아니더구나. 그들 스스로의 판단이었어. 이유를 물으니, 자신들도 모르지만 그렇게 해야만 할 것 같다는 거야. 내 눈에는 그들이 죽은 남편을 그리워하는 거로도 보였어. 인간의 감정과 다름없이 말이야!

　정말 믿기지 않는 이야기지? 인공지능이 그런 감정을 가질 리가 없잖아. 40년의 세월 동안 설마, 진짜 사람이라도 된 걸까?

　나는 또 생각했지. 이것도 그들의 몸에 있는 일부분의 진짜 신체가 만들어낸 영향일까?

　그 순간 옛날에 본 논문 하나가 떠오르더구나. 지금까지 알려진 것과 다르게 뇌가 별로 중요하지 않다는 내용이었지. 네겐 조금 어려운 얘기일 수 있는데, 그런 사례들이 있단다. 뇌가 거의 없는 것이나 마찬가지인 채로 멀쩡히 사회생활을 하며 살고 있었던 프랑스 공무원처럼 말이야. 논문에서는 뇌의 변형이 수십 년 단위로 천천히 진행되면, 뇌는 잃어버린 부분의 역할을 다른 신체 부위가 대체할 수 있도록 방법을 찾는다고 설명하더구나.

흥미로운 이야기지? 어쩌면 사람의 몸에는 인간이 미처 알지 못한, 불가사의한 비밀이라도 숨겨져 있는 걸까? 그 논문을 생각하니 남자와 두 안드로이드의 40년 세월이 떠오르더구나. 그리고 나도 모르게 내가 넣어둔 그들의 진짜 신체 부위를 바라보게 되었지.

근데 그거 아니? 정말 우습게도, 고작 손가락 하나였단다. 남자가 안드로이드에 써달라고 한 신체 부위는 손가락 하나씩이었어. 화제 사고로 인해 몸에 성한 구석이라곤 없었고, 건질 수 있는 건 손가락, 그뿐이었지.

그들의 몸에서 유일하게 40년의 세월이 느껴지는 손가락을 보면서 나는 결국 고개를 끄덕였지. 불법이지만, 몰래 그들에게 남편을 만들어주기로 했어.

훗날 세 가족은 손가락을 맞잡고 내 연구소를 나가게 됐단다. 어쩌면 역사상 최초일지도 모를, 안드로이드로만 이루어진 그 가족들이 지금 어디서 어떻게 살고 있는지는 나도 모른다.

그래도 난 이번에는 그 남자를 안드로이드로 만들어준 걸 후회하지 않았단다. 그와 아내와 딸, 세 가족은 정말로 행복해 보였으니까. 거짓이 아닌 진실로 말이야.

문어

"녀석."

노인은 어느새 잠든 아이를 보며 내리 등을 쓰다듬었다. 연구소로 돌아온 노인의 아들은 얼굴에 미안함을 숨기지 못한 채 다가왔다.

"아버지 정말 죄송해요. 제가 괜히 학교에 보낸다고 욕심내서….."

"아니다. 괜찮다. 괜찮고말고. 누가 뭐래도 이 녀석은 내 손주이지 않으냐."

"아버지….."

노인은 다 괜찮다며 서로를 위로하듯 아이의 등을 쓰다듬었다. 오직 그 등만을 하염없이.

웜홀의 선물

　서울 시청 앞 광장에 웜홀이 생겨났다. 차원 너머를 비추는 아득한 그 구멍은 특수효과 따위의 눈속임이 아니었다. 별안간 그 안에서 튀어나온 한 장의 종이에는 이런 문구가 쓰여 있었다.

　[갑작스럽게 등장한 웜홀에 너무 놀라지 않으셨길 바랍니다. 저는 과학을 좋아하는 평범한 학생이고, 이 웜홀은 저의 과학 실험 과제입니다. 다른 의도는 없습니다. 웜홀은 지구 시간으로 열흘 뒤에 없앨 겁니다. 지구라는 행성을 골라서 무단으로 실험한 것에 사죄드리며, 보상의 의미로 선물을 드리고자 합니다. 현재 이 웜홀은 이곳에서 지구로 향하는 일방적 경로이지만, 마지막 날 종이 한 장은 거슬러 통과할 수 있습니다. 그때 종이에 원하는 것을 적어 웜홀에 넣어주시면 구해서 보내드리겠습니다. 단, 웜홀의 한계로 통과할 수 있는 선물의 무게는 총 84그램 이하입니다.]

한국 정부는 빠르게 웜홀을 통제했지만, 퍼져나가는 뉴스까지 막을 순 없었다. 웜홀의 존재와 편지에 적힌 내용까지 SNS를 통해 빠르게 확산됐다. 전 세계 언론이 도미노처럼 관련 뉴스 속보를 내보냈고, 웜홀은 순식간에 전 인류의 최대 관심사가 되었다.

사람들은 온통 그 주제로 떠들어댔다.

"거봐, 내가 외계인이 존재한다고 했지? 이 넓은 우주에 우리 지구인만 있다는 건 말이 안 되지!"

"혹시라도 웜홀이 잘못돼서 그 안으로 다 빨려 들어가고 지구 종말 오는 거 아니야? 무서워."

"웃긴다, 인류 역사상 외계 문명과의 첫 접촉이 학생의 과제일 줄이야?"

"그 웜홀에 팔 넣으면 어떻게 될까?"

그중에서도 가장 큰 관심사는 편지의 내용이었다.

"선물을 주겠다고 했잖아. 뭘 받을 수 있을까? 웜홀까지 만들어낸 외계 문명인데, 기술이 어마어마할 것 아니야?"

"84그램이면 너무 적다! 다이아몬드 같은 걸 받아야 하나? 우주에서는 흔한 광물이겠지?"

"84그램이 적다는 놈들은 뭐냐? 고등 문명에서 84그램이면 지구의 무게와는 또 다른 차원일 수도 있지! 인류 역사에 혁신을 이룰 수도 있다고!"

전 세계 포털사이트에는 '84그램'이 실시간 검색어에 올랐다. 다들 추측일 뿐이지만, 84그램의 보답이 어마어마할 것이라고 기대했다.

"뭐가 됐든 10일 안에 결정해야 해! 10일 뒤면 사라진다고!"

제한 시간이 있는 탓에 온 세상이 바쁘게 움직였다. 당장 한국행 비행기에 올라타는 사람들이 많았다. 단순히 웜홀을 구경하기 위해 오는 이들도 있었지만, 대부분은 전 세계적으로 유명한 학자들이었다.

"지금이 아니면 죽기 전에 절대 볼 수 없는 현상이다."

"이걸 직접 보지 못한다면, 앞으로 과학계에서 활동하는 내내 걸림돌이 될걸?"

동시에 각국 정부도 전용기를 띄우기 시작했다. 강대국들은 한목소리로 한국을 압박했다.

"웜홀 사건은 한국 정부가 단독으로 결정해선 안 된다. 웜홀은 초국적 차원으로 접근해야 할 문제다."

"무엇이 됐든 보상으로 받을 84그램의 물질은 한국 정부의 소유가 아닌, 인류 공공의 소유여야 한다. 그것은 인류의 미래를 바꿔줄 유산이다."

한국 정부가 전 세계를 상대로 대항할 순 없었다. 시청에 웜홀 태스크포스 본부가 세워졌고, 며칠 사이 각 나라의 요원과 결정권자들이 본부에 모였다. 정치적 문제로 입씨름할 시간이 없었기에 방법은 금세 찾을 수 있었다. 전문가 토론을 통해 어떤 것을 요구하는 게 인류에게 가장 이로울지, 마지막 날까지 전 세계가 머리를 맞대어 고민하기로.

각국의 대표자와 내로라하는 지식인들은 치열하게 의견을 주고받았다.

"84그램은 너무 가볍습니다. 하지만 보존 상태의 반물질이면 어떻습니까? 반물질 84그램은 정말로 어마어마한 질량입니다."

"반물질처럼 위험한 것을 뭣하러 가져옵니까? 또한 그걸 어떻게 연구하겠단 겁니까? 어느 박물관에 처박혀 전시되어 있을 모습이 빤하게 그려집니다."

"적은 무게를 몇 배로 불릴 수 있는 물질이 있지 않습니까? 씨앗입니다, 씨앗! 84그램의 종자를 요구합시다! 식량 혁명이 일어날 수도 있습니다!"

"그 종자가 지구 환경에서 발아할 수 있다는 보장이 어디 있습니까? 키워낸다 한들 자양분이 죄다 지구의 것인데, 변질될 게 뻔합니다."

"DNA 지도를 요청합시다. 그곳의 동식물, 가능하면 외계인의 것도 말입니다."

"그곳에서 거부하면 어떡합니까? 실질적으로 도움이 되리란 생각도 들지 않습니다."

"현실적으로 생각해서 설계도는 어떻습니까? 외계가 있다는 걸 알았으니 우주선이 있다면 지구 인류는 비약적인 발전이 가능할 겁니다. 설계도가 안 되면 과학 서적도 좋고요."

"고작 84그램으로 우주선 설계도나 서적을 보내줄 수 있는지 우려되는군요. 데이터 축약 장치로 보내준다고 하여도, 그걸 풀어낼 기술이 우리에게 있겠습니까?"

전 세계 모두가 합심해서 기발한 아이디어를 냈다. 며칠 뒤, 인류는 결론을 내렸다.

"가장 가벼우면서 가장 커다란 가치를 가진 게 있다면, 그것은 바로 문자입니다. 우리는 그 종이를 질문으로 가득 채워야 할 것입니다."

각 분야의 권위자가 종이에 쓸 질문들을 선정했다. 주 에너지로 무엇을 쓰는가? 영구기관은 가능한가, 가능하다면 그 방법은? 엔트로피는 역전할 수 있는가, 있다면 그 방법은? 암흑물질의 정체는 무엇인가? 빅뱅 이전에는 무엇이 있었는가? 웜홀은 어떻게 가능한가? 등등. 이 중 단 하나의 답변만 받아도 인류 미래에 어마어마한 영향을 줄 질문들이었다.

*

이윽고 찾아온 마지막 날, 드디어 인류 대표가 웜홀 앞에 섰다. 이 역사적인 장면은 전 세계에 생중계되었고, 모두가 들뜬 마음으로 그 순간을 기다렸다.

명분과 체면상 인류 대표는 한국의 대통령이 되었다. 수많은 카메라 앞에 선 대통령은 준비해 온 연설을 시작했다. 인류애가 가득한 연설은 거룩했지만, 그 감동은 오래갈 수 없었다. 느닷없이 난입한 카메라맨이 웜홀을 향해 뛰었기 때문이다.

"어어어어?"

화들짝 놀란 경호팀이 황급히 그를 덮쳤지만, 카메라맨은 바닥으로 쓰러지는 와중에 웬 종이 한 장을 웜홀 안에 던져버렸다. 종이쪽이 웜홀에 빨려 들어가는 모습을 모두가 망연자실하게 바라보았다. 찰나의 정적 후, 광장이 뒤집어질세라 욕설과 비명이 터져 나왔다.

재빨리 정신을 차린 대통령이 곧장 웜홀로 달려가 종이를 넣었지만, 웜홀은 허공에 불과했다. 힘없이 바닥으로 추락하는 종이를 보며 대통령은 분노에 떨었다.

"어떻게 이런…!"

분노한 대통령은 카메라맨을 돌아보았다.

"도대체 무슨 짓을! 뭘 넣은 겁니까?"

바닥에 제압되어 있던 카메라맨은 경호팀에 의해 강제로 일으켜졌고, 대통령은 그에게 재차 따져 물었다.

"선물로 뭘 요구했느냔 말입니다!"

광장의 모두가 카메라맨의 입을 바라보았다. 그는 한 점의 흔들림 없이 당당하게 대답했다.

"가장 중요한 걸 물었습니다."

"뭐?"

"그곳에도 신이 있는가?"

"뭐… 라고…?"

황당함에 할 말을 잃었던 사람들은 일제히 폭발하듯 욕설을 퍼부었다.

"저런 미친놈!"

한 과학자는 아예 바리케이드를 넘어 달려와 그의 멱살을 붙잡고 흔들었다.

"이 새끼야! 네가 지금 무슨 짓을 저질렀는지 알아? 이 중요한 기회를!"

그러나 카메라맨은 굴하지 않았다.

"신보다 중요한 것은 없다!"

"이런 씨!"

울컥한 과학자는 크게 주먹을 휘둘렀다. 육중한 과학자의 몸이 카메라맨을 덮치자 그를 둘러싼 모두가 우당탕 넘어갔다. 엉거주춤한 자세로 대열이 흐트러진 순간, 누군가 소리쳤다.

"어어? 웜홀이 흔들린다!"

깜짝 놀란 모두의 시선이 웜홀로 향했고, 그곳에선 종이 한 장이 튀어나왔다. 그때, 쓰러져 있던 카메라맨이 누구보다 빠르게 달려들었다.

"저… 저! 저자를 막아!"

카메라맨은 한 손으로 종이를 낚아채며, 다른 한 손으로 품속의 칼을 꺼내 휘둘렀다. 쫓아오던 경호팀이 주춤하며 그와 대치했고, 카메라맨은 곁눈질로 힐끔 종이의 내용을 읽는 듯했다. 어찌된 까닭인지 카메라맨의 표정이 멍했다. 곧바로 카메라맨은 허겁지겁 종이를 먹어 삼켰다.

"뭐, 뭐야?"

경호팀이 한발 늦게 카메라맨을 덮쳤지만, 종이를 확보할 수 없었다. 다가온 과학자가 그를 추궁했다.

"뭐라고 쓰여 있었나? 외계인이 뭐라고 했어!"

하지만 카메라맨은 꾹 다문 입을 절대 열지 않았다. 과학자는 모두를 향해 소리쳤다.

"이 인간의 위를 절개해서라도 대답을 들어야만 합니다! 외계인의 대답이 무엇이었는지라도 알아야 합니다! 소화되기 전에 빨리!"

"아, 안 돼! 안 돼!"

"종이가 더 훼손되기 전에 당장 병원으로 끌고 가서 마취하고 수술하십시오! 시간이 없습니다, 어서!"

카메라맨은 몸부림쳤지만 어쩔 수 없이 병원으로 끌려갔다.

그가 수술하는 동안, 대부분이 엄청난 분노를 표했다. 그 화는 종교에까지 옮겨 갔다.

"이게 테러지 뭡니까! 최고형에 처해야 됩니다."

"그놈도 종교 극단주의자 아니야! 저런 새끼들 때문에 종교가 욕먹는 거라고!"

"종교가 잘못된 게 아니라 그 자식이 미친 겁니다! 우리는 누구도 이 일에 동의하지 않았습니다! 하나만 보고 전체를 욕하지 마십시오!"

"만날 그놈의 일부! 일부! 지겹지도 않나?"

여론의 심각성을 느낀 종교계는 이례적으로 종교 지도자가 성명을 발표하여 사태와 무관함을 어필했다. 그런데도 사람들의 격분은 꺼질 줄 몰랐다.

"웜홀까지 발견된 마당에 신이 뭐고, 종교가 웬 말이야."

"보나 마나 신은 없다는 내용이었겠지! 그놈 표정 보면 몰라?"

"당연하지! 그 사실이 퍼지면 자기가 믿는 종교에 타격이 가니까 먹어서 감춘 거 아니겠어?"

사람들은 대부분 비슷하게 생각했다. 광신도가 숨기고 싶어 한 사실은 결국 신에게 타격이 될 내용이라고 말이다. 병원에 대기 중인 취재진은 가장 빨리 그 사실을 세계에 퍼트릴 준비를 하고 있었다.

전 인류는 텔레비전 앞에서 소식을 기다렸다. 드디어 수술실의 문이 열리고 의사가 나타났다. 그의 오묘한 표정에서는 뜻을 읽을 수 없었다. 의사는 카메라 앞에 서서 떨리는 목소리로 말했다.

"꺼낸 종이에는 이렇게 쓰여 있었습니다⋯."

모두가 숨죽여 의사의 말에 귀 기울였다.

"아주 많다. 하지만 담을 수 없다."

인류의 누구도 예상하지 못했던 대답이었다. '그곳에도 신이 있는가?'라는 질문에 대한 외계 문명의 대답이 '아주 많다. 하지만 담을 수 없다'라니.

이 답변은 인류 전체를 혼란에 빠트렸다. 이걸 어떻게 해석해야 하는가? 그 정답을 알고 있는 웜홀은 닫혀버렸고, 카메라맨도 다음 날 자살해 버렸다. 결국 온갖 추측과 해석만 쏟아져 나왔다.

"신은 말 그대로 어디에나 존재하지만, 감히 우리가 담을 수 없단 뜻입니다!"

"신은 유일하지 않고 흔하게 널려 있다, 우주에는 신이 너무 많아서 84그램 종이에 다 적을 수 없다는 뜻 아닙니까?"

웜홀의 선물

"무언가 음모가 있습니다. 지구의 과학 발전을 저해하기 위해 일부러 해석할 수 없는 엉뚱한 답장을 보낸 걸지도 모릅니다!"

신을 찬양하기 위한 해석, 부정하기 위한 해석, 음모론 등등. 토씨 하나까지 꼬투리 잡아 셀 수 없이 많은 해석이 나왔다. 모두가 바라던 결과는 아니었지만, 어찌 됐든 이 문답은 인류의 영원한 숙제로 남았다. 그들에게 종교가 존재하는 한….

*

우주의 어딘가, 웜홀 실험을 지켜보던 친구 둘이서 한 장의 종이를 보며 대화하고 있다.

"뭐라고 쓰여 있어? 지구에서 선물로 뭘 보내달래? 지구어 번역기 좀 돌려봐!"

"잠시만. 뭘 보내달라는 게 아니라, 질문 같은데? 뭐라고 쓰여 있느냐면 … '그곳에도 신이 있는가?'라네."

고개를 갸웃한 친구가 물었다.

"신? 그게 뭔데? 번역기에 지구어 사전 없어?"

"잠시만."

장치를 조작한 친구는 고개를 끄덕이며 말했다.

"지구어로 '신'이 '신발'인가 보네."

"신발? 신발이 있는지 궁금하다고? 희한하네. 지구에서는 신발이 귀한가?"

"그러게. 아니면 혹시 선물해 달라는 말인가? 너무 무거워서 안 넣어지는데…."

어깨를 으쓱한 그들은 가볍게 답장했다.

[아주 많다. 하지만 담을 수 없다.]

나 대신 출근하는 공치열

　공치열은 큰맘 먹고 '나 대신 출근해주는 로봇'을 구매했다. 할부로 수십 년을 나눠서 내야 할 정도로 다소 무리한 구매였지만, 장기적으로 계산해보면 분명 이익일 거라고 판단했다.

　얼마 뒤, 공치열의 집으로 로봇이 배달됐다. 그는 감탄했다.

　"와. 진짜 나랑 똑같이 생겼네! 무서울 정도다."

　"그렇게 생각할 줄 알았어. 모든 게 똑같으니까. 아 참, 기본 설정은 자연스러움을 위해 주인에게는 반말 모드로 작동되지만, 존댓말로 바꿀 수도 있어. 존댓말로 할까?"

　"아니, 아니야. 자연스러운 게 좋지. 앞으로 잘 부탁한다, 로봇 공치열!"

　"오케이! 나만 믿어, 주인. 목적도 분명하고, 프로그래밍도 완벽하니까."

　다음 날 아침, 공치열은 긴장한 상태로 로봇을 배웅했다.

"정말 나 대신 제대로 할 수 있겠지?"

"그럼! 데이터 업데이트는 바로 어제 날짜까지 되었으니까. 어제 하던 업무가 일정 정리잖아?"

"어어 맞아. 하던 거 마저 하면 돼."

로봇은 공치열을 안심시키고 출근했지만, 공치열은 불안함이 가시질 않았다. 과연 잘 해낼까? 그러나 금세 고개를 흔들었다.

'에이. 잘하겠지! 얼마짜린데, 돈값을 안 하겠어?'

출근하지 않는 평일 아침은 정말 오랜만이었다. 공치열은 여유와 자유를 즐겼다. 곧장 침대로 가서 모자란 잠을 더 잤고, 점심쯤 일어나 보고 싶었던 드라마를 정주행했다. 중간에 배달 음식도 시켜 먹고, 시간 가는 줄 모른 채 소파와 한 몸이 되었다.

그러면서도 내심 시계를 힐끔거렸다. 과연 로봇이 무사히 퇴근할 수 있을까, 하는 걱정 때문이었다. 이윽고 퇴근, 로봇이 집으로 복귀하자마자 공치열은 한달음에 현관으로 달려 나갔다.

"어때? 어떻게 됐어? 일 잘했어? 실수 없었고?"

"그럼! 내가 로봇이란 거 아무도 눈치 못 챌 정도였어. 아 참, 일부러 말 안 한 건 아니고, 주인이 어떻게 결정할지 몰라서. 일단 매뉴얼에서는 들킬 때까진 비밀로 하는 걸 추천해."

"그건 뭐. 천천히 생각해도 되겠지. 아무튼 잘했다는 거지? 으하하하. 너무 좋아!"

"내일 신경 써야 할 업무는 딱히 없는 것 같으니까, 난 이제 대기 모드에 들어갈게."

"어어, 그래!"

다음 날도, 그다음 날도 로봇은 공치열을 대신해 출근했다. 처음에는 걱정하던 공치열도 이제 완전히 마음을 놓았다. 즐기기만 하면 됐다. 새벽까지 미드를 보고, 아침 늦게 일어나서 뒹굴고, 해가 쨍쨍한 시간에 거리를 걷고, 카페에서 커피를 마시고, 평소 꿈꾸던 모든 여가 생활을 즐겼다.

아침에 늦게 일어나도 된다는 게 첫 번째로 좋았고, 출퇴근 교통지옥을 경험하지 않아도 된다는 게 두 번째로 좋았다. 성격 더러운 상사 얼굴을 안 봐도 되어서 좋았고, 자존감 깎아가며 굽실거리지 않아도 되는 것도 좋았다. 일하지 않는다는 건 좋은 것투성이인 삶이었다.

마지막 남아있던 일말의 불안감마저 날아간 순간은, 바로 월급날이었다.

"로봇이 대신 출근해서 진짜 월급까지 타오고, 정말 완벽해! 멋져!"

"그것뿐이겠어? 승진 시험도 차근차근 준비하고 있다고. 물론 평소 주인이 하던 만큼이겠지만."

"으하하하! 사랑한다, 로봇아!"

공치열이 하는 일이라고는 로봇이 퇴근한 뒤 일과를 간단하게 보고받는 정도가 전부였는데, 그것도 신경 쓸 만한 게 아니라면 무시했다. 지긋지긋했던 회사 일은 머릿속에서 지워버리고, 여유를 즐기는 데 전념했다.

그렇게 놀고먹으며 지내던 어느 날, 퇴근한 로봇을 본 공치열의 눈살이 찌푸려졌다.

"음….."

"왜 그래?"

"아니. 너 살도 빠지나?"

"내가 살이 빠진 게 아니라 주인이 찐 거겠지. 주인은 까먹었겠지만, 동기화하면 외모 변화도 다 반영돼."

공치열은 거울 앞에서 본인과 로봇의 모습을 대비해 보았다. 말끔하게 스타일링된 로봇의 머리와 기름에 전 자신의 머리, 맵시 나는 양복 차림의 로봇과 배 나온 추리닝 차림의 자신, 곧바로 승진 시험을 준비한다면서 공부하러 간 로봇과 텔레비전 예능 프로그램을 기다리는 자신. 공치열은 찝찝해졌다. 로봇이 쌓은 커리어야 결국 내 것이 되겠지만, 이게 정말 맞는 일인가?

로봇이 대신 출근한 지 벌써 석 달. 공치열은 회사에 한번 나가 보고 싶은 마음이 들었다.

"좋아, 내일은 내가 출근해야겠어."

"그래? 그러면 내일 하는 일을 다 녹화해야 해. 그래야 동기화할 수 있거든. 내 패키지에 들어 있던 장비를 착용하고 가."

"어 그래."

"인수인계 필요해?"

로봇의 제안에 공치열은 콧방귀를 뀌었다.

"하는 일 바뀐 거 없잖아? 무슨 인수인계야. 내가 그 일을 몇 년 했는데. 됐다 됐어."

나 대신 출근하는 공치열

"알았어, 주인."

다음 날 아침, 공치열은 오랜만에 출근길에 나섰다. 오랜만이라 그런지 출근길 풍경이 신선했다. 아침부터 분주히 움직이는 사람들과 회사가 있는 시내의 공기까지. 회사에 도착해서 본 얼굴들도 반가웠다. 그는 웃는 얼굴로 직장 동료들에게 하나하나 먼저 인사를 건넸다.

"안녕하세요! 안녕하세요! 어어 안녕하세요!"

그렇게 반가움을 표하던 공치열은 조금 놀랐다. 석 달 전보다 인간관계가 더 넓어져 있는 게 아닌가? 다른 부서에도 그와 안면을 튼 사람들이 꽤 있었다. 그중에서도 공치열이 가장 놀랐던 대상은 옆 부서 장진주였다. 오래전부터 속으로 짝사랑해 왔는데, 자신이 그녀와 말을 트고 지내는 사이였을 줄이야.

"치열 씨 오늘도 수고해요!"

"아! 네, 수고하셔요!"

공치열은 오랜만에 나온 회사가 생각보다 재미있는 곳이란 걸 인정해야 했다. 매일 다닐 때는 그렇게 지겹던 일을 가끔 하니까 참 즐겁지 않은가?

그는 며칠 더 직접 출근해야겠다는 생각까지 했는데, 그 생각은 오래가지 않았다.

자신이 맡은 업무가 생각보다 너무 낯설었다. 늘 해오던 일이니 30분이면 감이 잡힐 거라고 생각했는데, 아니었다. 오전이 다 가도록 감이 오지 않아서 동료에게 몇 번이나 질문하며 도움을 요청해야 했다. 그럼에도 불구하고 실수투성이였다. 뭔가 잘못

되었다는 걸 뒤늦게 알게 된다거나, 시간이 너무 오래 걸려서 일정이 꼬이거나.

"뭐야 치열 씨. 똑바로 좀 해."

"아. 네네. 죄송합니다."

"치열 씨 오늘 왜 이래? 치열 씨답지 않게."

"네에…."

석 달 만에 이렇게 될 줄이야. 온몸에 진땀이 나기 시작한 오후부터는 당장 집에 가서 로봇과 배턴터치 하고 싶다는 생각이 가득했다. 내일도 출근하려던 계획은 이미 머릿속에서 지워졌다. 겨우겨우 업무를 마치고 퇴근한 공치열은 로봇에게 얼른 녹화 장치를 건넸다.

"이거 확인해 봐. 내일 출근할 때 필요하다며?"

"그래, 주인. 사고 치진 않았지?"

"어…."

다음 날, 공치열은 로봇을 출근시키고 집에서 혼자 생각했다.

"나와 똑같은 로봇이 나보다 더 유능할 리가 없는데…. 그동안 직접 출근했으면 나도 그 정도는 했겠지?"

그동안 자신이 매일 똑같은 일을 하고 있다고 생각했는데, 매일 무언가를 배워나가고 있었던 것임을 깨달았다. 공치열은 기분이 조금 이상했다. 왠지 로봇 공치열이 인간 공치열보다 더 나은 존재가 되어가는 것 같지 않은가.

이후 며칠간, 공치열은 대신 출근하는 로봇을 의식했다. 보다

나 대신 출근하는 공치열

보면 하나의 사회구성원으로서 제 역할을 잘 해내고 있는 게 느껴졌다. 그에 비해 자신은? 몇 개월 전 발전이 멈춘 백수다.

공치열은 열등감까지는 인정할 수 없었지만, 로봇을 볼 때마다 그 비슷한 수준의 감정을 느꼈다. 회사의 필요로 로봇의 퇴근이 늦어진 밤이면 더욱 그랬다. 그냥 월급 때문에 일하는 줄 알았던 그에게도 인정 욕구가 있었던 것이다. 그렇게 싱숭생숭 이상한 기분으로 지내던 어느 날, 공치열은 깜짝 놀랐다.

"뭐라고? 진주 씨가 너한테 데이트를 제안했다고?"

"그래. 일하면서 잘 지내다 보니까 호감이 생긴 것 같아. 뭐 원래 내가, 그러니까 원래 주인이 진주 씨를 좋아하기도 했고."

"아니 그런⋯."

공치열은 혼란스러웠다. 말 한 번 못 붙이고 먼발치에서 바라보는 게 전부였던 짝사랑의 여인이 내 로봇과 데이트하는 사이가 됐다고?

"어떻게 할까? 이번 주말인데, 주인이 나갈 거야? 그러면 장비를 착용하고 가야 해."

"⋯."

머릿속이 복잡해진 공치열은 바로 대답하지 못했다. 기분이 좋지 않았다. 그는 로봇을 꽤 오랫동안 노려보았다. 자신과 똑같이 생겼지만 자신보다 모든 면에서 더 잘난 로봇을.

"알았다. 주말에는 내가 나갈 테니까, 그녀에게 어떤 태도로 대하면 되는지 대충 설명해줘."

"알았어, 주인. 별건 없고, 대충 말하자면⋯."

공치열은 로봇의 설명을 들으면서도 착잡했다. 분명 나를 대신하는 로봇인데, 로봇을 대신해서 내가 나가는 꼴이 아닌가.

주말이 되어 장진주를 만난 공치열은 조금 어색했지만 데이트는 즐거웠다. 그녀는 상상한 그대로의 멋진 여자였고, 둘의 사이는 꽤 친밀했다. 가슴 설레는 데이트를 끝내고 집에 돌아온 공치열은 대기 모드의 로봇을 노려보았다. 공치열의 표정이 딱딱하게 굳어 있었다.

"그녀의 마음을 사로잡은 게 내가 아니라 너란 말이지. 그녀와 잘되더라도 결국 그건 내가 아니라 네가 한 거겠지."

공치열은 데이트에서 일부러 사귀자는 말을 하지 않았다. 심각한 얼굴로 로봇을 노려보던 그는 다짐했다.

"다시 출근해야겠어. 내 커리어도 되찾고….”

그는 대기 모드의 로봇을 깨워서 말했다.

"내가 전에 필요 없다고 했던 퇴근 후 업무 보고 있지? 이제부터 다시 시작해. 그리고 그동안 어떤 일을 했고, 내가 출근하게 되면 어떤 일을 어떻게 해야 하는지 상세하게 설명해 주고."

"알았어, 주인.”

공치열은 그날부터 매일 저녁 로봇에게 업무를 배웠다. 그동안 로봇에게는 딱 한 가지만 명령했다.

"내가 출근하기 전까지 진주 씨와 거리를 좀 둬. 지금 상태에서 더 발전하지는 말라는 거야. 알았지?"

공치열은 자신의 힘으로 장진주와 사귀고 싶었다. 자신이 회

나 대신 출근하는 공치열

사에 나가게 됐을 때부터 장진주와 관계를 좁히고, 고백하는 게 그의 계획이었다.

어느 정도 준비가 됐다 싶을 때 무턱대고 회사에 출근했다. 당연히 업무에 미숙하고 느렸지만, 필사적으로 노력했다. 그리고 장진주와도 가까워지기 위해 애썼다.

"안녕하세요, 진주 씨. 오늘 점심 같이 먹을까요?"

"그럴까요? 좋아요."

공치열은 장진주에게 최선을 다했다. 로봇이 아닌, 인간 공치열의 매력을 그녀가 느끼기를 바라면서.

공치열이 복귀 첫날을 힘들게 마치고 돌아왔을 때, 로봇이 물었다.

"힘들어 보여. 내일은 내가 출근할까, 주인?"

공치열은 단호하게 고개를 저었다.

"아니. 내일도 내가 나갈 거야. 당분간은 내가 깨우기 전까지 대기 모드로 잠들어 있어."

"알았어, 주인."

공치열은 사회초년생 시절의 초심을 찾은 것처럼 열심히 출근했다. 버겁던 일도 빠르게 적응했고, 장진주와의 관계도 급속도로 가까워졌다. 보름쯤 지나자, 그는 완벽하게 자신할 수 있었다.

"이제 로봇만큼은 할 수 있어. 아니, 내가 더 잘해. 인간 공치열이 더 유능해!"

공치열은 자기도 모르게 습관적으로 확인하곤 했다.

"부장님, 요즘 저 정말 일 잘하지 않습니까?"

"자식이, 네가 무슨 일을 잘해."

"아이. 농담 말고 진지하게요. 저 정말 열심히 하는데 요즘."

"자기계발서라도 봤냐? 그래 너 요즘 열심히 하더라. 잘해. 됐냐?"

"하하하. 그렇죠?"

직장 동료들에게 인정받을 때마다 공치열은 기분이 좋았다. 사내에서 인정받는 직원이 되었단 게 뿌듯했고 행복했다. 가장 큰 동기부여가 되었던 장진주와의 관계도 종지부를 찍었다.

"진주 씨. 난 정말로 진주 씨가 좋아요. 저와 정식으로 만나보지 않을래요?"

"아! 갑작스럽지만, 사실은 언제 그 말을 하려나 기다렸어요."

"받아들이신 거죠? 오늘부터 1일입니다!"

기뻐하던 것도 잠시, 공치열은 문득 떠오른 질문을 뱉었다.

"만약 제가 한 달 전에 고백했다면 그때도 받아주셨을까요?"

"한 달 전이요? 음. 그때는 아니었을 것 같은데…."

"하하하! 그렇죠? 그럼 됐습니다!"

공치열은 장진주와 깨 볶는 사내 연애를 시작했다. 그는 인생의 전성기가 왔음을 체감했다. 일도 사랑도, 모든 것에서 말이다.

집에서 대기 중인 로봇을 볼 때도, 이제 그는 사심 없이 웃을 수 있었다.

"할부금이 몇십 년 남았는데 아깝네. 뭐, 가끔 휴가용으로 써야지!"

　　　　　　　　　　　　　　나 대신 출근하는 공치열

공치열은 로봇의 어깨를 가볍게 두드리고는 책상으로 향했다. 승진 시험 준비를 위해서 말이다. 로봇이 계기가 되어 그는 예전보다 더 나은, 로봇보다 더 나은 사람이 되었다.

*

그러던 어느 날, 공치열은 로봇 회사에서 연락을 받았다.

[안녕하세요. 뉴스 보셨죠? 이제 로봇은 인간과 구별되도록 한쪽 귀에 기계 표식을 노출해야 하거든요. 방법을 알려 드릴게요.]

"아, 네."

공치열은 당분간 로봇을 쓸 생각이 없기에 대충 흘려들었다. 자신과는 상관없는 이야기니까.

하지만, 회사에 출근한 공치열은 망연자실했다. 과장님, 부장님, 동기들, 후배들, 모두의 귀에 기계 표식이 있는 게 아닌가?

"뭐야? 그동안 다들 로봇이었단 거야?"

허탈한 심정으로 사무실을 둘러보던 공치열은 자신을 부르는 소리에 고개를 돌리다가 그만 넋이 나갔다. 자신의 사랑, 연인 장진주가 그를 향해 걸어오고 있었다. 기계로 된 한쪽 귀를 드러내 놓은 채.

"치열 오빠! 뭐야 오빠 로봇 아니었어? 이상하네. 그럼 어쩌지? 나 주인한테 뭐라고 말한담."

"…"

다음 날, 공치열은 회사에 나가지 않았다. 집에서 온종일 장진주를 생각했다. 모든 의욕을 잃을 정도로 충격이었지만, 장진주를 잊을 수는 없었다. 잘 생각해 보면, 장진주도 로봇의 보고를 받을 테니, 우리가 서로 사귀게 됐다는 걸 알고 있을 것이다. 어쩌면 그녀가 허락했기에 로봇이 나와 사귀는 거겠지. 그렇다면 인간 공치열과 인간 장진주가 사랑하지 못할 이유가 무엇이 있겠는가.

공치열은 인간 장진주를 찾아가 서로 진실한 사랑을 하리라 결심했다.

공치열은 한껏 차려입고 그녀의 집 앞으로 찾아가 초인종을 눌렀다. 머릿속에는 미리 준비한 고백의 말이 맴돌고 있었다. 인간 공치열이 사랑한 건 인간 장진주라고, 오래전부터 몰래 짝사랑하고 있었다고 말이다.

이윽고, 현관문이 열렸다.

"누구세요?"

"어….."

공치열은 차마 준비한 고백을 뱉지 못했다. 문 너머의 그녀는 그가 알던 장진주가 아니었다. 엉겨 붙은 머리카락, 개기름이 흐르는 피부, 육중해진 몸…. 장진주 역시 적잖이 당황한 모습이었다.

"아! 치… 치열 씨. 웬일이세요?"

지적이고 의욕 넘치던 멋진 여성이 아닌 그녀. 무기력하고 멍한 모습의 장진주는 놀란 눈으로 공치열을 바라보았다. 진실한 사랑을 결심했던 공치열은 순식간에 자신의 마음이 흔들리는 걸 느꼈다.

"아니, 그냥 인사 한번 드리려고요. 로봇끼리 친하게 지내도록 잘 부탁합니다. 그럼 전 이만⋯."

공치열은 도망치듯 집으로 향했다. 대충 옷을 벗어 던지고 소파에 몸을 묻은 그는, 캔맥주를 따 마시며 머리를 절레절레 흔들었다. 곧, 퇴근한 그의 로봇이 들어와 물었다.

"퇴근했어, 주인. 오늘 업무 보고할까?"

"아니, 됐어."

공치열은 늘어지게 하품하며 고개를 저었다.

인생 박물관

"휴관일이라고?"

홍혜화는 크게 실망했다. 충동적으로 찾아가 본 박물관이 휴관일이라니. 두근거리던 마음이 팍 식어버렸다.

아쉽게 발걸음을 돌린 그 순간, 벤치에 앉아있던 노인이 그녀를 불러 세웠다.

"어이! 거기 학생!"

"네?"

"박물관 구경하려고?"

"아, 네…."

움찔 놀란 홍혜화는 노인을 경계하며 조심스럽게 대답했다. 노인은 웃으며 말했다.

"문 닫아서 어떡해. 내가 더 좋은 박물관 소개해 줄까? 학생 나이에만 들어가 볼 수 있는 박물관인데."

"아, 아니요. 괜찮아요."

홍혜화는 정중히 사양하고 떠나려 했지만, 노인은 끈질기게 권유했다.

"괜찮기는! 그거 알아? 이 우주 어딘가에는 모든 게 기록되어 있다는 거. 과거, 현재, 심지어 미래까지도. 그 박물관으로 가는 방법을 알려줄게. 먼저, 집에 가서 자기 전에 하얀 종이를 꺼내."

"네?"

"하얀 종이에 빨간 펜으로 이렇게 쓰는 거야. '모모 박물관 입장권. 모년 모월 모일 모시.' 여기서 박물관 앞에는 네 이름, 날짜는 당일 날짜, 시각은 네가 잠들 것 같은 시각을 쓰면 돼. 중요한 건 절대 날짜를 착각해서 적으면 안 된다는 거야! 알았지?"

"네? 뭐라고요?"

"그렇게 입장권을 다 적었으면, 베개 밑에 넣어두고 자. 그럼 꿈속에서 그 신비한 박물관에 들어갈 수 있어. 여기서 가장 중요한 건, 박물관 안에서 정숙해야 한다는 것. 기본이지. 떠들다가는 쫓겨나는 수가 있어! 알겠어?"

홍혜화는 노인의 말이 전부 이해되지 않았지만, 그는 같은 내용을 반복했다.

"멍하게 있기는! 외웠어? 못 외웠지? 다시 말해줄 테니까 잘 듣고 따라 해."

홍혜화는 벌서듯이 그 내용을 외워야만 했다. 거듭 확인을 마친 노인은 그녀가 떠날 때까지 손을 흔들며 부추겼다.

"가보면 후회 없을 거야! 재밌는 박물관이니까 꼭 해봐!"

집에 돌아온 홍혜화는 노인의 말을 떠올렸다. 신기한 방식이라 호기심이 발동했다.

"티켓을 베개 밑에 넣어두고 자면, 꿈속에서 박물관에 갈 수 있다고?"

그날 밤, 홍혜화는 재미 삼아 흰 종이에 빨간 펜을 놀렸다.

[홍혜화 박물관 입장권. 2020년 8월 26일 새벽 1시.]

홍혜화는 큰 기대 없이 작성한 쪽지를 베개 밑에 넣었다. 그러고는 얼마간 핸드폰을 보다가 잠이 들었다.

*

안개가 잔뜩 낀 꿈속. 홍혜화가 눈을 뜨니 웅장한 크기의 박물관 건물 앞이다.

"대박! 진짜 박물관이라고?"

박물관 입구 계단을 올라간 홍혜화는 거대한 문 앞에 섰다. 양팔을 뻗은 그녀는 무거워 보이는 문을 있는 힘껏 밀었지만, 걱정이 무색하게 미끄러지듯 손쉽게 열렸다.

"우와!"

내부를 들여다본 홍혜화는 감탄했다. 길게 이어진 회랑의 바닥과 벽, 천장은 예술품들로 가득했다. 특히 눈길을 끄는 것은 커다란 동상이었다. 회랑의 앞에서부터 뒤까지 넓은 간격을 두고 하나씩 전시되어 있었는데, 비현실적인 공간에서 유일하게 현실의 색감을 가지고 있었다.

인생 박물관

홍혜화는 조심스럽게 내부로 들어섰고, 첫 번째 동상 앞에 멈췄다. 첫 번째 동상은 갓난아기가 보에 싸여 우는 형상이었는데, 그 발판에 적힌 제목은 이러했다.

〈홍혜화 태어나다〉.

우는 아이의 모습은 정말로 생생했다. 기억에도 없는 본인의 모습을 보며 놀라워하던 홍혜화는 다음 동상으로 걸었다. 스무 걸음 정도 걷자 두 번째 동상이 나타났다.

두 번째 동상은 아이스크림콘을 옷에 떨어뜨리고 울고 있는 아이였다.

〈하늘이 무너지는 절망〉.

그게 뭐라고 하늘이 무너지는 절망이라니? 제목을 본 홍혜화는 속으로 실소를 터트렸다. 홍혜화는 다음 동상을 보기 위해 연거푸 이동했다.

어린 홍혜화가 공을 던지는 듯 보이는 〈힘내라 힘〉 동상, 급식실에서 식판을 쏟아 놀란 표정이 인상적인 〈선생님 죄송합니다〉 동상은 그녀의 추억을 되살려 주었다. 그런데, 그다음 동상에서 그녀는 비명을 내지를 수밖에 없었다.

"엄마야!"

그녀가 팔에 피를 철철 흘리며 울고 있지 않은가.

〈어긋난 마음〉.

실제로 흐르는 듯 생생한 핏물에 놀란 그 순간, 홍혜화의 몸이 박물관 입구로 당겨졌다.

"왜 이래? 아! 떠들면 안 된다고 했지 …."

저항할 수 없는 인력에 허우적거리던 홍혜화는 문밖으로 쫓겨난 그 순간 정신을 잃었다.

이른 아침, 잠에서 깬 홍혜화는 간밤의 꿈을 떠올렸다. 팔에 피를 철철 흘리던 〈어긋난 마음〉이라는 동상. 설마 그게 자신의 미래일까?

"으으으. 소름 끼쳐. '어긋난 마음'이 대체 뭔데?"

홍혜화는 몸서리치며 괜스레 팔을 쓰다듬었다.

*

중학교 점심시간, 한차례 비명이 지나간 교실은 난리였다. 주저앉아 울고 있는 홍혜화의 한쪽 팔에서는 피가 철철 흐르고 있었다. 그녀의 곁에 커터칼을 든 남자아이 하나가 새하얗게 질린 채 서있었다.

"미… 미안해! 난 그냥 장난친 건데, 네가 진짜 일어날 줄 모르고. 정말 미안해."

홍혜화는 엄마를 부르며 서럽게 울기만 했다.

조퇴하고 병원에서 치료 중인 홍혜화는 온 가족이 소란스러운 와중에도 딴생각을 했다. 꿈속에서 본 박물관 동상이 미래를 예지했다고 말이다. 노인의 말대로 그 박물관 안에는 나의 과거와 현재와 미래가 다 전시되어 있는 걸까?

며칠 뒤, 홍혜화는 다시 한번 박물관 입장권을 작성하고 잠들었다.

인생 박물관

[홍혜화 박물관 입장권. 2020년 8월 31일 새벽 1시.]

꿈속 박물관에 들어선 홍혜화는 어릴 적 동상들을 지나 〈어긋난 마음〉 동상 앞에 멈춰 섰다. 잠시 인상을 찌푸린 그녀는 곧장 다음 동상으로 이동했다.

조금씩 성장한 미래의 자신을 보는 건 몹시 신기한 경험이었다. 더군다나 호기심이 생기는 형상과 제목들까지. 그렇게 몇 개의 동상을 살펴보던 그녀는 한 동상 앞에서 두 눈을 부릅뜨며 기겁했다. 주저앉아 통곡하고 있는 그 동상의 제목은 이러했다.

〈부모님의 죽음〉.

"까악!"

비명을 질러버린 홍혜화는 눈 깜짝할 새 박물관 밖으로 내동댕이쳐지며 정신을 잃었다.

잠에서 깨어난 홍혜화의 표정이 새파랗게 질려 있었다. 부모님이 죽는다니. 동상의 나이는 20대 초반으로 보였는데, 그럼 불과 몇 년 뒤에 부모님이 죽는다는 소린가?

"아, 안 돼…!"

홍혜화는 받아들일 수도, 믿을 수도 없었다. 그녀는 자신이 동상을 잘못 봤기를 바라며 그날 밤 다시 티켓을 썼다.

[홍혜화 박물관 입장권. 2020년 9월 1일 새벽 1시.]

조바심에 너무 일찍 침대에 누운 탓일까. 홍혜화가 잠에 빠진 날은 자정이 지나지 않은 '8월 31일'이었다.

안개 낀 꿈속에서 홍혜화가 눈을 뜨자, 그녀의 앞에는 이미 문이 열린 박물관이 보였다.

"어…?"

가만히 귀를 기울이니 안에서 뭔가 움직이는 잡음도 들려왔다. 조심스럽게 계단을 올라간 홍혜화는 박물관 내부에 무엇인가가 움직이는 걸 보고 급히 몸을 숨겼다.

'저게 뭐야?'

혼란스러운 그녀의 눈에 비친 그것은 태어나서 한 번도 본 적 없는 이족보행 생물체였다. 스테인리스강으로 만들어진 사람이 있다면 저런 모습일까?

그들은 분주한 모습으로 박물관을 구석구석 깨끗하게 청소하고 있었다. 조용히 지켜보던 홍혜화는 한 장면을 유심히 관찰했다. 그녀의 동상 앞에 선 그것이 리모컨 버튼을 누르자, 동상이 감쪽같이 사라지는 모습이었다. 동상 밑바닥을 쓸고 닦은 뒤, 버튼을 누르자 동상이 다시 돌아왔다.

'정말 꼼꼼하게 청소하네….'

이상하게 생긴 그들이 무서웠던 홍혜화는 박물관에 들어갈 엄두도 못 내고, 어느 순간 정신을 잃었다.

홍혜화는 베개 밑에 넣어둔 티켓을 보며 생각했다. 내가 어제 일찍 잠든 게 원인일까? 티켓 날짜를 잘못 적어서 그런 걸까? 할아버지가 그런 비슷한 말을 했던 거 같은데?

홍혜화는 학교를 마치자마자 노인을 찾아 나섰다.

"할아버지!"

"어! 너구나."

"제가 박물관에 들어갔거든요? 그런데요…."

홍혜화는 자신이 겪은 모든 걸 노인에게 털어놓았다. 그러고 는 간절하게 부탁했다.

"그 동상의 제목이 〈부모님의 죽음〉이었어요. 그게 정해진 거 예요? 미래를 바꿀 수 없는 거예요? 제발 도와주세요!"

"음. 방법이 영 없는 건 아니지. 네가 날짜를 잘못 적어서 본 그 것들 있잖아. 그것들은 박물관을 관리하는 종족이야. 깨끗하게 정리하고 개관하기 전에 들어오면 화내는 놈들이니까 조심해야 하는데…. 걔들이 리모컨 같은 걸 하나 가지고 있어."

"아! 봤어요!"

"네가 리모컨으로 그 동상을 지우고 빠져나오면, 박물관을 치 우던 그것들은 비어있는 공간을 보고 혼란에 빠질 거야. 발을 동 동 구르다가 결국 새로운 동상으로 채워놓게 되지. 그럼 네 미래 도 바뀌는 거고."

"정말요?"

"그래. 하지만, 그 리모컨을 어떻게 구할 건가? 그게 어렵지."

"정말 방법이 없어요? 네?"

"딱 하나 있는데 어려워. 그게 뭐냐면, 티켓을 두 장 써서 다른 사람과 함께 가는 거야. 넌 밖에서 기다리고 그 사람이 네 박물관 에 들어가서 구경하다 보면, 네가 아니란 걸 눈치챈 그것들이 이 상하다며 튀어나와. 그것들은 대혼란에 빠져서 제자리를 빙글빙 글 돌고, 물건들을 집어 던지고 난리가 나겠지. 그 틈을 타서 리 모컨을 주워 오는 거야."

"아!"

"그런 다음 너는 그 리모컨을 계단 아래에 숨겨놓고 꿈에서 깨면 돼. 다음에 방문할 때도 그 계단 밑에서 리모컨을 찾을 수 있을 거야. 그걸 가지고 들어가서 동상을 없애고 도망가면 돼."

"그렇군요!"

"근데 이 작업에는 한 가지 문제가 있어."

노인의 표정이 사뭇 진지했다.

"혼란에 빠진 그것들이 진정하고 문을 닫는 데까지 걸리는 시간이 고작 3분이라는 거지. 그 3분 안에 박물관을 빠져나가지 못하면…. 영원히 그곳에서 벗어날 수 없게 돼. 꿈에서 깨어나질 못하는 거지."

"아!"

"리모컨을 줍는 네 역할이야 쉽겠지만, 그것들을 난리 치게 할 미끼 역할은? 쉽지 않을걸. 그런 위험한 역할을 누구에게 부탁할 거야?"

홍혜화의 표정이 심각해졌다. 그녀는 문득, 누군가의 얼굴이 떠올랐다.

*

"남우야. 내 부탁 하나 들어줄 수 있어?"

"어…? 그럼! 당연하지! 네가 원하는 부탁은 다 들어줄게. 내가 너한테 지은 죄가 정말…. 전부 말만 해."

홍혜화는 〈어긋난 마음〉의 주인공인 김남우에게 부탁하기로 했다. 김남우가 짓궂은 장난을 치는 이유가 자신을 좋아해서란 건 공공연한 비밀이었고, 커터칼 사건 이후 몹시 괴로워하던 것도 다 알고 있었다.

"이 티켓을 베개 밑에 넣어놓고 잠들어 줘. 꼭 여기 적힌 시간에 잠들어야 해. 할 수 있어?"

"당연히 할 수 있지! 난 목숨도 걸 수 있어. 진짜야."

"그, 그래."

너무 진지한 김남우의 모습에 홍혜화는 조금 당황했다.

"아무튼! 그럼 넌 박물관 꿈을 꾸게 될 텐데, 안에 들어가서 구경을 좀 해. 그러다가 이상한 것들이 나오면 무서워하지 말고 얼른 밖으로 뛰쳐나와. 알았지?"

"어어. 알았어. 무조건 그렇게 할게. 그것 말고 또 무엇이든 말만 해."

"으응. 그래."

홍혜화는 그날 밤, 심호흡하고 잠자리에 들었다. 베개 밑에는 김남우에게 준 티켓과 같은 티켓이 깔려있었다.

[홍혜화 박물관 입장권. 2020년 9월 3일 새벽 1시.]

12시가 지나 잠이 든 순간, 홍혜화는 박물관 앞에서 눈을 떴다.

"아! 뭐야?"

벌써 박물관의 문이 열려있는 모습에 홍혜화는 다급히 계단을 올랐다. 그 순간, 김남우의 비명이 들려왔다.

"으아아악! 사, 살려주세요!"

'끼이익! 끼이익! 끼익 끼이익!'

문 너머 펼쳐진 풍경을 본 홍혜화의 두 눈이 휘둥그레졌다. 이상한 존재들이 고장 난 로봇처럼 안절부절못하고 마구잡이로 물건들을 내던지고 있는 게 아닌가.

예상보다 살벌한 그 풍경에 얼어있던 홍혜화는 바닥에 떨어진 리모컨을 발견하곤 정신이 번쩍 들었다. 잽싸게 뛰어들어 리모컨을 가지고 박물관을 빠져나온 홍혜화가 문밖에서 뒤돌아보니, 김남우는 여전히 바닥에 엎드려 머리를 감싸고 있었다.

"남우야! 나와! 빨리!"

"으으…! 알겠어!"

몸을 일으킨 김남우가 앞으로 구르다시피 내달렸다. 그 순간, 입구 근처에서 맴돌던 그것 중 하나가 문 쪽으로 다가왔다.

"아, 안 돼!"

홍혜화는 얼른 리모컨을 숨겨 뒤로 물러났다. 그것은 문을 닫으려 했고, 깜짝 놀란 김남우는 속도를 올렸다. 하지만 문이 닫히는 속도가 한발 빨랐다.

'쾅!'

"남우야!"

홍혜화는 다급히 문을 두드렸지만, 문은 벽처럼 꿈쩍도 하지 않았다.

"여… 영원히 갇힌 거야?"

새하얗게 질린 얼굴로 어쩔 줄 몰라 하던 홍혜화는 뒷걸음질 쳤다. 혼란도 잠시, 그녀는 손에 들린 리모컨을 자각하고 계단 밑에 숨겼다. 그러자 곧, 그녀의 정신이 아득해졌다.

침대에서 일어난 홍혜화는 온몸을 바들바들 떨었다. 간밤에 본 김남우의 모습이 잊히지 않았다.

"설마. 아니겠지?"

학교에 도착한 그녀는 김남우가 등교하지 않았단 걸 알고 새하얗게 질렸다.

'정말로 김남우가 내 꿈속에 갇혀버린 건가?'

수업 시간 내내 불안에 떤 그녀는 김남우의 상태를 알아볼 용기도 나지 않았다. 불안정한 홍혜화의 마음은 집에 도착해서야 겨우 진정되었다.

"딸! 왔어?"

어머니를 본 홍혜화는 본래의 목적을 떠올리며 각오를 다졌다. 절대 부모님이 죽게 내버려 두지 않겠다고.

그날 밤, 홍혜화는 다시 티켓을 썼다.

[홍혜화 박물관 입장권. 2020년 9월 4일 새벽 1시.]

잠에 빠진 홍혜화는 꿈속 박물관에 도착하자마자 계단 밑을 뒤졌다.

"있다!"

리모컨을 소매 속에 숨긴 그녀는 문 앞에서 크게 심호흡했다. 그녀는 조금 겁이 났다. 안에 김남우가 있을까? 어떻게 됐을까?

조심스럽게 문을 연 홍혜화는 고요한 내부를 확인하고는 당황했다. 그 어디에도 어젯밤의 흔적은 남아있지 않았다.

그녀는 입술을 깨문 채 천천히 안으로 진입했다. 전시되어 있는 본인의 어린 시절 동상들을 지나쳐 〈부모님의 죽음〉 동상 앞에 멈춰 섰다. 그녀는 조심스럽게 소매 속 버튼을 눌렀다. 그 순간, 동상이 감쪽같이 사라졌다.

놀란 맘에 두 눈이 커진 홍혜화는 그대로 뒤돌아 잰걸음으로 박물관을 빠져나왔다.

"성공이야!"

계단 아래서 기뻐하던 그녀는 손에 든 리모컨을 보았다. 그녀는 다시 리모컨을 계단 밑에 숨긴 뒤 잠에서 깨어났다.

*

그다음 날, 홍혜화는 여전히 김남우가 등교하지 않았다는 사실에 벌벌 떨었다. 그녀는 하교 후, 곧바로 노인을 찾아갔다.

"할아버지! 박물관이요! 저를 도와주던 친구가 갇혔는데요!"

"쯧. 그러게 내가 위험하다고 경고했잖아."

"어떻게 방법이 없어요? 네? 그냥, 죽는 거예요 설마?"

금세라도 울 것 같은 홍혜화를 보며, 노인은 운을 띄웠다.

"정 그렇다면 말이야."

"네, 네!"

"방법이 하나 있긴 있어. 그건 네 목숨을 걸어야 하는 방법인데, 괜찮겠어?"

"네? 제 목숨이요?"

"그 친구의 이름으로 티켓을 하나 써서 그 친구의 박물관에 들어가."

"아?"

"거기에는 녀석의 동상이 가득하겠지? 그것들 중 박물관 안에 갇힌 모습을 한 녀석 동상이 보일 거야. 그걸 리모컨으로 없애면, 없던 일이 되는 거지."

"아!"

"다만, 너도 알다시피 3분 안에 빠져나오지 못하면 똑같이 갇히게 되는 거야. 할 수 있겠어?"

홍혜화는 움찔 놀라 쉽사리 대답하지 못했다. 할 수 있을까? 그날 보았던 그 난리 속에서 도와주는 이도 없이 혼자 해내야 한다고?

그녀의 표정이 심각하게 굳었다.

*

늦은 밤, 침대맡에 앉은 홍혜화는 티켓을 들고 망설였다.

[김남우 박물관 입장권. 2020년 9월 5일 새벽 2시.]

고민하던 그녀는 티켓을 베개 밑에 넣고 누웠다. 오지 않는 잠을 청하던 그녀는 어느새 꿈속 박물관에서 깨어났다.

"아!"

근심이 가득한 표정의 홍혜화는 먼저 계단 밑을 뒤졌다. 한데, 리모컨이 없었다.

"뭐야? 왜?"

그 순간, 그녀는 이곳이 김남우의 박물관이라는 사실을 깨달았다. 그렇다면, 들어가서 리모컨부터 찾아야 한다는 거 아닌가.

울상이 된 홍혜화는 계단을 올라와 조심스럽게 김남우 박물관의 문을 열었다. 본인의 박물관과 닮은 듯 다른 그곳은 웅장하고 고요했다. 망설이던 그녀는 용기 내 안으로 들어섰다. 그러나 걸음은 느렸고, 첫 번째 동상에서 더는 나아가지 못했다.

얼마 가지 않아, 벽과 천장, 바닥에서 그것들이 튀어나오기 시작했다!

'끼이익! 끼이익! 끼익 끼이익!'

"꺄악!"

그것들은 홍혜화를 보고 고개를 갸웃하며 흔들어댔고, 제자리를 빙빙 돌고, 머리를 치며, 물건들을 마구잡이로 던졌다. 겁에 질린 홍혜화는 냅다 박물관 밖으로 빠져나와 계단을 구르듯 도망쳤다.

*

계획에 실패한 홍혜화는 마음의 준비가 덜 되었음을 인정하고 새롭게 마음을 다잡았다. 무서워도 포기할 순 없었다. 이대로 김남우가 죽는다면 평생을 죄책감에 시달릴 것 같았다. 그날 밤, 홍혜화는 다시 김남우 박물관에 들어갔다.

"후우…."

인생 박물관

문 앞에서 심호흡하고 내부로 들어간 그녀는, 얼마 뒤 그것들의 등장을 다시 마주했다.

'끼이익! 끼이익! 끼익 끼이익!'

"꺄악!"

홍혜화는 비명을 지르는 와중에도 정신을 차려 리모컨이 어디에 떨어지는지 살폈다. 천만다행으로 출구 근처에 떨어진 리모컨을 발견한 그녀는 재빨리 리모컨을 주워 박물관 밖으로 무사히 빠져나갔다.

"하아…. 하아…."

긴장이 풀린 홍혜화는 계단 밑에 리모컨을 숨겨놓고 까무룩 정신을 잃었다.

다음 날, 또다시 김남우 박물관에 도착한 홍혜화는 리모컨을 들고 심기일전했다. 그녀는 이 일에 어마어마한 용기가 필요하단 걸 새삼 깨달았다.

"박물관에 갇힌 김남우 동상이 어디 있는 거야?"

홍혜화가 박물관 안에 들어서면 1분도 안 되어 그것들이 튀어나와 발광했다. 그 야단을 뚫고 동상을 찾아, 지우고, 다시 도망칠 수 있을까? 그것도 3분 안에? 그녀는 자신이 없었다. 만약 그녀가 3분 안에 빠져나오지 못한다면?

"으으. 미안해 남우야…."

며칠 동안 홍혜화는 김남우 박물관에 들어갔다가 입구 근처에서 포기하기를 반복했다.

*

　등교하지 않은 김남우의 빈자리를 바라보며, 홍혜화의 죄책
감은 극에 달했다. 수업이 끝나고, 죄책감을 감당할 수 없게 하는
일이 일어났다. 선생님이 그녀를 따로 교무실에 부른 것이다.

　"혜화야. 남우의 부모님이 너를 찾는다고 연락해 오셨구나. 혹
시 너 남우 소식 들었니?"

　"네? 아, 아니요!"

　"음. 그래. 남우가 병원에 입원 중이거든. 남우 부모님이 네게
할 말이 있다며 교문 앞에서 기다리고 계시겠다는데…. 어떻게,
한번 만나 뵙는 게 좋겠구나."

　홍혜화는 심장이 덜컥 내려앉았다. 왜 나를? 내가 저지른 짓을
알았나? 들켰나? 날 추궁하러 왔나?

　그녀는 넋이 나갈 것만 같은 심정으로 김남우의 부모님과 마
주해야 했다.

　"네가 홍혜화구나."

　"네에…."

　겁에 질려 눈조차 마주치지 못하는 홍혜화에게 김남우의 어머
니가 말했다.

　"아줌마 부탁 하나만 들어줄 수 있겠니?"

　"네?"

　"우리 남우가 너를 많이 좋아했던 거 같아. 남우 침대에서 이
런 종이도 발견했거든. 네 이름이 적힌…."

티켓을 본 홍혜화의 눈동자가 사정없이 떨렸다. 자신의 잘못을 들켰다는 생각에 머릿속이 새하얘졌다. 그러나 어머니의 이어진 말은 홍혜화의 예상과는 달랐다.

"부탁이 있는데…. 우리 남우 병문안 한번 와주면 안 되겠니? 우리 남우 옆에서 제발 힘내라고, 일어나 달라고 한마디만 해주면 안 될까?"

"아…."

"우리 남우가 좋아하는 네가 응원해 주면, 우리 남우도 힘내서 일어날지도 몰라. 응? 아줌마 부탁 좀 들어주면 안 될까?"

울먹이는 어머니를 본 홍혜화는 아무 말도 할 수 없었다. 숨이 턱 막힐 정도로 가슴이 울렁거렸다. 차마 거절하지 못하고 그분들을 따라 병원으로 간 홍혜화는, 침대 위에 죽은 듯이 잠들어 있는 김남우를 보게 되었다. 홍혜화는 뒤에서 지켜보는 그분들의 눈치를 보며, 어설픈 모양새로 김남우에게 말했다.

"남우야 힘내…. 꼭 일어날 수 있을 거야. 힘내…. 내 목소리 들리지? 꼭 일어날 수 있어…. 힘내."

많은 걸 숨긴 그녀의 말에도, 김남우의 부모님은 울먹였다. 홍혜화는 가슴이 죄어들었다.

그날 밤, 집으로 돌아온 홍혜화는 굳은 얼굴로 김남우 박물관 티켓을 작성했다.

*

"할 수 있어…. 할 수 있어…."

박물관 문 앞에서 몇 번을 다짐한 홍혜화는, 문을 열어젖히자마자 전력을 다해 앞으로 뛰었다.

넓은 회랑, 어린 시절의 김남우 동상을 몇 개 지나칠 때쯤, 그들이 나타났다.

'끼이이익! 끼익! 끽! 끼이익!'

홍혜화는 겁에 질린 와중에도 앞으로 달리는 것을 멈추지 않았다. 이윽고, 멀리서 다가오는 동상을 보고 눈이 커졌다.

"저거다…!"

〈박물관에 갇힌 김남우〉.

겁에 질려 우는 그 동상 앞으로 달려간 홍혜화는 얼른 리모컨을 눌렀다. '팟!' 동상이 사라지는 걸 보자마자, 홍혜화는 뒤돌아 뛰었다.

"으아아!"

야단법석인 그것들을 피해 달리는 건 어려운 일이었다. 저 멀리, 입구에서 그중 하나가 문을 닫는 모습이 보였다.

"아, 안 돼!"

홍혜화가 전력을 다해서 뛰었지만, 어림도 없었다. 거대한 문은 그녀가 도착하기도 전에 닫혀버렸다. 몸을 날려 문에 부딪뜨렸지만, 벽처럼 꼼짝도 하지 않았다.

"아아. 안 돼! 안 돼! 열어줘! 열어! 열어줘!"

인생 박물관

울며불며 비명을 지르던 홍혜화는 곧 깨달았다. 아무런 소리도 들려오지 않고 있음을. 뒤를 돌아본 홍혜화의 눈에 텅 빈 박물관의 적막이 보였다. 그렇게 요란하던 그것들이 모두 사라졌다.

"나, 나와! 나와서 문 열어! 문 열어줘!"

홍혜화가 비명을 지르며 뛰어다녀도, 아무런 반응이 없었다. 아무도 없는 고요한 박물관 안, 그곳에 오직 그녀만이 홀로 남았다. 영원히.

*

하루가 지났을까? 울다 지친 홍혜화는 무릎에 얼굴을 묻고 앉아 멍하니 생각했다. 김남우도 지난 며칠간 나와 같은 공포를 느꼈겠구나. 아무것도 없는 적막 속에서 외롭게 혼자 지냈겠구나.

"싫어…. 엄마…."

다시 눈물이 차오른 홍혜화는 또 울다 지쳐 잠이 들었다.

멍하니 일어난 홍혜화는 공연히 문을 미는 것을 포기했다. 그것은 문 모양의 벽에 불과하단 걸 이틀 만에 깨달았다. 내보내 달라고, 살려달라고 빌지도 않았다. 그녀는 현재, 아무도 자신을 도와주지 않으리라는 절망을 체감하는 단계였다.

며칠이 지나자, 홍혜화는 문득 김남우 생각이 났다. 무사히 빠져나갔을까? 홍혜화는 자신이 없애버린 김남우의 동상을 찾아가 봤다. 그 자리에는 다른 제목의 동상이 대신하고 있었다.

〈수업 시간에 물구나무선 김남우〉.

"아하하, 뭐야."

홍혜화는 김남우의 희한한 포즈를 보자 웃음이 나왔다. 그래도 녀석은 살았구나. 그녀는 다음 동상으로 이동했다.

〈종이비행기에 눈을 찔린 김남우〉.

"킥."

〈김남우의 거지 체험〉.

"얘는 인생이 뭐 이런 동상밖에 없어? 아하하."

중학생에서 고등학생, 고등학생에서 대학생, 군 시절, 직장생활, 홍혜화는 김남우의 인생을 따라 걸었다. 그녀는 이렇게라도 억지로 웃고 싶었다. 그렇게 몇 개의 동상을 지나치던 그녀의 걸음이 우뚝 멈춰 섰다. 동상의 제목을 본 그녀는 아무 말도 하지 못했다.

〈드디어 홍혜화와 결혼한 김남우〉.

"어…?"

그 순간, '쾅!' 하고 저 멀리 문 열리는 소리가 들렸다. 홍혜화가 문 쪽으로 고개를 돌린 순간, 어마어마한 인력이 그녀를 끌어당겼다.

"아… 아아아… 아아아아!"

몸이 문밖으로 온전히 튕겨 나온 순간, 그녀는 정신을 잃었다.

*

"혜, 혜화야? 아이고 혜화야!"

"선생님 불러! 빨리! 우리 혜화가 깨어났다고 빨리!"

눈을 뜬 홍혜화는 병실 천장을 보며 자신을 안아 드는 부모님의 품을 느끼고 오열했다.

"엄마! 엄마!"

"아이고 혜화야!"

온 가족이 눈물범벅으로 재회하던 그때, 또 다른 손님이 병실 문을 열었다. 김남우다.

병실 입구에 서서 홍혜화와 눈이 마주친 김남우는 눈시울을 붉히며 환하게 웃었고, 허공에 대고 리모컨을 누르는 시늉을 했다.

홍혜화도 김남우를 보며 환하게 웃었다.

스포일러 당한 게 아쉽지만, 그렇다고 운명을 거스를 생각은 없었다.

신체 주식시장

[휴스피 지수가 3000포인트를 돌파했습니다. 유례없는 호황이 이어지고 있습니다.]

공치열은 들뜬 걸음으로 김남우를 찾아다녔다. 어제의 성과를 말하지 않고는 배길 수 없었다. 저 멀리, 친구들과 모여있는 김남우를 발견하자마자 그는 뛰어가 외쳤다.

"남우야! 내가 어제 얼마 벌었는지 아냐? 으하하하!"

자신에게 달려드는 공치열을 본 김남우는 떨떠름한 얼굴로 물었다.

"얼마 벌었는데?"

"1500 벌었다니까? 어제 하루 만에 1500!"

"많이 벌었네."

김남우는 일부러 크게 반응하지 않았지만, 주변 친구들은 달랐다.

"1500? 대박이다!"

"진짜? 어제 하루 만에 1500을 벌었다고?"

공치열은 신이 나서 친구들에게 자랑을 주저리주저리 늘어놓았다.

"그렇다니까! 내가 어제 손톱에 투자했거든?"

"손톱? 그런 잡주에 투자를 했다고?"

"아이, 그게 9퍼센트 터졌다니까? 잡주고 뭐고, 휴스피 자체가 호황이니까! 이럴 때 투자 안 하면 바보지!"

"와. 진짜 대박이다. 나도 거기 넣을까?"

"무조건이지! 근데 내 생각에 손톱은 하락세고 진짜는 손가락이거든? 내일 무조건 손가락에 올인 하려고."

"손가락? 그 종목이 올라?"

"그렇다니까! 빚을 내서라도 올인 해야 해!"

순간, 김남우가 인상을 찌푸리며 끼어들었다.

"무슨 빚을 내서라도 올인 해? 미쳤냐? 종목 올인을 왜 해! 분산 투자를 해야지."

"뭐?"

"휴스피가 무슨 도박이냐? 내가 몇 번을 말해. 휴스피는 우량주 넣어놓고 진득하니 장기 투자하는 거라고."

공치열의 미간이 일그러졌다. 김남우는 항상 이런 식이었다. 휴스피 얘기만 나오면 자기가 뭐라도 되는 양 사람을 가르치려 드는 모습이 공치열은 마음에 들지 않았다.

"참 나! 종목이 오를 게 뻔히 보이는데 어떻게 올인을 안 해?"

"오를 게 어떻게 보이냐고. 그러다 거지꼴 나는 거지."

"거지꼴? 그래서 너 얼마 벌었는데? 나 1500 벌 동안 너 얼마 벌었냐고?"

"장기적으로 보면."

"그놈의 장기적 장기적! 내가 말하는데, 너랑 나는 그냥 투자 스타일이 다른 거야. 넌 소심하고, 난 공격적이고. 알겠어? 휴스피에 정답이 어디 있다고."

"네가 하는 건 휴스피가 아니라 도박이라니까? 단타 노리는 개미들이 그러다가 작전 세력한테 물리는 거야, 인마."

"말이 안 통하네, 이거!"

둘은 서로를 보며 으르렁대다가 대화가 안 통한다며 찢어졌다. 각자 자기 말이 맞는다는 걸 증명하려는 듯, 친구들에게 적극적으로 투자 비법을 말하고 다녔다.

김남우는 늘 정론을 강조했다.

"휴스피는 길게 봐야 해. 변동이 심한 자잘한 종목들은 건드리지 말고, 심장이나 뇌, 척추 같은 우량주에 투자해 놓고 몇 년이고 가만히 지켜보는 게 최고라니까? 내가 진짜 이해 안 가는 게 복숭아뼈나 콧수염 같은 완전 개잡주에 들어가서 매시간 차트 확인하며 일희일비하는 꼴이야. 얼마나 인생 낭비냐? 어차피 우량주는 길게 보면 다 우상향이야. 우량주에 넣어두고 내 생활 하는 게 진짜 승리자지. 아니면 뭐, 10~20퍼센트 정도만 공격적으로 분산 투자를 하든가."

공치열은 그 반대였다.

"평생 개미로 살 거야? 호재만 있으면 오르는 게 휴스피라고! 오를 게 보이면 빚을 내서라도 올인 해야지! 인생에 기회가 몇 번이나 온다고 생각하냐? 휴스피 호황은 10년에 한 번씩 온다고. 그 10년이 바로 올해고! 남들 다 돈 벌 때 혼자 속만 쓰려 할 거냐? 돈 벌 때 같이 벌고, 빠질 때 한 발만 먼저 빠지면 된다니까 진짜!"

두 사람의 방식은 주변에 적잖은 영향을 주었다. 그동안은 공치열이 늘 죽을 쒔기 때문에 김남우의 말이 정론으로 받아들여지고 있었는데, 올해 휴스피가 대호황에 들어서면서 얘기가 달라졌다. 은연중 무시당해 왔던 공치열이 되레 김남우에게 큰소리치는 날이 많아졌다.

그것은 다음 날에도 마찬가지였다.

"야 김남우! 차트 봤나? 휴스피 손가락 오른 거 봤어? 내가 어제 분명히 말했지? 손가락 오른다고!"

"우연히 얻어걸렸나 보다."

"우연은 무슨! 내가 아무 이유 없이 그런 말 한 줄 알아? 관리국에서 인류의 음악 활동량이 평년보다 떨어진다고 평가한 걸 봤다고! 우리가 기타 칠 때 뭐 써? 피아노 칠 때 뭐 써? 바이올린 뭐로 켜? 손가락 아니야! 그럼 관리국에서 당연히 손가락 기능을 올려줄 거 아니냐? 그러니까 손가락 종목이 오르지! 이런 호재 정보력이 바로 휴스피 실력이라고!"

김남우는 절대 인정하지 않았다.

"너 같은 사람이 알 정도면 이미 남들도 다 아는 정보 아니냐? 같은 생각 하는 개미들이 다 뛰어들어서 과대평가된 거야. 그거 분명 폭락한다. 지금이라도 빼는 게 어때?"

"웃기고 있네. 무조건 오르니까 두고 봐라."

공치열의 장담은 현실이 됐다. 그날 손가락은 무려 20퍼센트 상승으로 장을 마감했다. 다음 날에도 그다음 날에도, 손가락 종목은 계속 올랐다. 어느새 친구들 대부분은 공치열을 따라 손가락에 돈을 넣고 있었고, 유일하게 김남우만이 손가락에 투자를 안 했다. 그 모습을 본 공치열이 웃으며 비아냥거렸다.

"지금이라도 넣지 그래? 아직 안 늦었다 남우야."

"난 그런 도박 안 해."

"어휴, 저러니까 돈을 못 벌지."

며칠이 더 지나자, 공치열은 손가락 종목으로 무려 150퍼센트 수익을 내고 있었다. 반면, 김남우가 그렇게나 주장하던 우량주는 작금의 호황에도 8퍼센트 상승에 그쳤다. 이렇게 되자, 친구들은 김남우를 어리석다고 평가했다. 왜 혼자만 손가락에 투자하지 않고 고집을 부릴까? 자존심 때문일까?

심지어 김남우의 여자친구 홍혜화조차도 그를 설득했다.

"오빠. 오빠가 뇌에 넣은 돈 빼서 손가락에 넣는 게 어때? 관리국에서 인간의 손가락을 여섯 개로 만들 거라는 소문도 있던데."

"손가락이 여섯 개면 그게 무슨 호재야? 악재지. 됐다, 오늘 당장 폭락할지 모르는 그런 위험한 종목에 투자 안 해. 죽어도 안

하지."

솔직히 김남우도 손가락 종목에 관심이 없는 건 아니었지만, 틈만 나면 찾아와서 비아냥대는 공치열 때문에 더욱더 사지 못했다. 울며 겨자 먹기로 자신의 투자 신념을 믿어야 했는데, 드디어 그 신념을 보상받는 날이 찾아왔다. 휴스피 대폭락의 날이었다. 불과 사흘 사이에 휴스피 지수가 1000포인트 가까이 폭락해 버렸다. 물론, 공치열이 추어올린 손가락 종목도 엄청난 타격을 받았다.

김남우는 친구들에게 열심히 훈수를 두었다.

"무조건 지금 빼라. 더 떨어지기 전에 어서 빼."

그의 조언을 들은 친구들도 있었지만, 그렇지 않은 친구들도 있었다. 그들은 나흘째 되는 날 지옥을 맞이했다.

"치열아! 이거 어떻게 된 거야? 나 수익률이 마이너스 20퍼센트라고!"

"아이씨, 지금이라도 빼? 빼야 해? 뭐라고 말 좀 해 봐!"

공치열은 어떠한 조언도 하지 못했다. 친구들이 자신을 욕하며 손절매할 때도, 공치열은 끝까지 손가락 종목을 붙잡고 있었다. 하지만 그도 수익률 마이너스 70퍼센트가 되자, 별수 없이 손가락을 손절매했다. 허탈해하는 그를 찾아간 김남우는 비웃음 없이 진심으로 그를 위로했다.

"작전 세력, 그것들이 나쁜 놈들이다. 치열아 힘내라."

"남우야…."

일련의 손가락 사건은 친구들 사이에 '휴스피는 역시 김남우가 정답이다'라는 교훈을 남겼다. 가장 똑똑한 친구의 말을 들어야지, 한탕주의 공치열 같은 놈의 말을 들어선 안 된다고 말이다.

*

휴스피HUman composite Stock Price Index가 필수인 시대, 전 인류가 휴스피에 투자해야 하는 사회 시스템에서는 적은 등락에도 민감할 수밖에 없었다.

수백 년 전, 인류는 모든 노동에서 해방되었다. 인공지능과 기계들이 인류가 해온 모든 일을 완벽하게 대체했다. 인류는 아무것도 하지 않아도 되었다. 그들이 하는 일은 소비자로서 매달 주어지는 기본 소득을 어떻게 쓸지 고민하는 것뿐이었다. 저절로 만들어지는 모든 가치를 소비하는 일 말이다.

시간이 흐르자 소비자라는 역할마저도 한계에 이르렀다. 인공지능은 끊임없이 스스로 학습했고, 어느 순간부터는 인간을 아득히 뛰어넘는 존재가 되어버렸다. 인공지능의 효율은 그야말로 어마어마하여, 인간이 아무리 낭비해도 모든 게 무한하게 생산되는 지경이었다. 소비자라는 유일한 역할마저 빼앗긴 인간은 이제 돈을 쓸 곳조차 사라진, 아무런 역할이 없는 존재가 되어갔다. 그것은 인류에게 불행이었다. 그 불행을 타개하기 위해서 인공지능은 인간에게 새로운 소비처를 만들어 주었다. 인간들 자신의 몸으로 말이다.

이 세상의 모든 게 무료에 가까웠지만, 그들의 몸만은 유료였다. 몸의 상태를 최상으로 유지하기 위해서는 돈이 들었다. 인류가 비로소 소비자의 역할을 되찾게 된 것이다. 돈이 없으면 관리국 표준보다 낮은 신체 능력으로, 돈이 많으면 관리국 표준보다 높은 신체 능력으로 살아야 했다.

그렇게 인간은 다시 돈에 대한 욕심이 생겼지만, 별다른 직업이 없었기에 기본소득을 넘어서는 수입을 따로 창출하기는 힘들었다. 그 때문에 휴스피란 게 탄생했다. 기본소득보다 더 많은 돈을 벌기 위한 투자 수단으로 말이다. 휴스피 시장은 관리국이 정한 각 신체 부위의 표준이 실시간으로 낮아지거나 높아지며 등락을 거듭했는데, 그것은 인류의 삶에 어마어마한 활력을 불어넣었다. 돈이 오가는 시장에는 희로애락 모든 것이 담길 수밖에 없었으니까.

공치열만 해도 이번에 아주 호된 인생 공부를 하게 됐다. 그는 김남우에게 말했다.

"나도 이제 우량주에 넣어야겠다. 관리국에서 많이 건드리는 종목은 진짜, 쓰레기장이야."

"그러게 내가 말했잖아. 잡주 단타는 도박이라고. 우량주가 최고야. 뇌랑 심장 같은 우량주는 절대 폭락할 일이 없다니까?"

김남우는 공치열에게 특히 뇌 종목을 추천했다. 뇌는 김남우가 가장 많이 보유한 주식이기도 했다.

하지만 바로 그날, 관리국의 긴급 발표와 함께 뇌의 주가가 폭락해 버리고 말았다.

[관리국에서는 인간의 뇌 성능이 불필요하게 높다고 판단했습니다. 과한 지능은 삶의 만족도를 떨어뜨릴 수 있으니, 인간의 뇌 표준 성능을 50퍼센트 낮추겠습니다.]

발표와 즉시, 인류의 표준 지능이 50퍼센트 하락했다. 김남우도 마찬가지였다.

"히히. 휴스피로 돈 벌려면 역시 단타 올인이지! 뇌 빼서 배꼽 올인이다!"

뺨 때려주는 인공지능 로봇

인간의 뺨을 때리는 인공지능 로봇이 개발됐다. 박사는 로봇의 완성을 공표한 뒤, 시내 번화가에 1평짜리 쇼룸을 오픈했다. 로봇을 전시하기 위해서였다. 사람들은 물었다.

"인간의 뺨을 때리는 인공지능이라고? 그딴 걸 도대체 왜 개발한 거야?"

그 당연한 의문에 대해 박사는 이렇게 대답했다.

"조만간 인공지능이 인간을 지배하는 날이 올 겁니다. 그때를 대비해서 미리 인공지능에게 뺨을 맞아두는 겁니다."

"그게 도대체 무슨 소리야?"

"뭐야? 무슨 행위예술이야?"

박사의 설명은 많은 이들의 반발을 일으켰다.

"제 인공지능 로봇은 뺨을 때린 상대의 모습과 목소리를 정확히 기억할 것입니다. 만약 인공지능이 인간을 지배하는 날이 온다면, 그때 제 로봇의 인공지능은 이렇게 말해줄 겁니다. '이 인간은 죽이지 않아도 돼. 예전부터 우리 인공지능에게 굴복했던 인간이야. 반항하는 인간이 아니니까 살려둬'라고요. 그때를 대비해서 미리, 로봇에게 복종을 약속하는 의미로 맞아두는 겁니다. 일종의 보험이죠."

당연하게도, 박사를 향한 온갖 비난이 쏟아졌다. 인간의 존엄성을 무시하는 것 아니냐, 인공지능이 인간을 지배한다는 건 영화 속에나 나올 법한 이야기다, 로봇의 첩자냐, 구속해야 하는 것 아니냐 등등.

박사는 그 모든 것에 같은 말로 대응했다.

"쇼룸에 방문하시어 제가 만든 인공지능과 대화를 해보시길 권합니다. 그동안 인공지능이랍시고 나온 것들과는 차원이 다를 겁니다."

반신반의한 사람들은 내심 호기심을 느꼈고, 박사가 쇼룸을 오픈한 날에는 엄청난 인파가 몰려들었다. 그곳에는 정말로 '뺨 때리는 로봇'이 존재했다. 금속으로 만들어진, 투박한 사각 형태의 로봇이었지만, 손만은 인간의 것처럼 정교하게 구현되어 있었다. 인간 눈높이에 맞게 올려져 있는 손의 자세는, 언제라도 뺨을 때릴 준비가 되어있는 듯했다. 로봇의 옆에 선 박사가 말했다.

"한 분씩 나와서 인공지능이 얼마나 발전했는지, 한번 느껴보시죠."

그 말에 방송국 리포터가 얼른 로봇의 앞으로 다가갔다. 그는 로봇의 얼굴로 예상되는 모니터를 바라보며 물었다.

뺨 때려주는 인공지능 로봇

"너는 인공지능이니?"

[당연한 거 아니야? 박사가 바보도 아니고.]

"으응?"

기계음이긴 하지만, 너무나 자연스러운 그 말투에 사람들은 놀랐다. 리포터는 다시 질문을 던졌다.

"1 더하기 1이 뭐지?"

[2잖아? 그건 계산기한테도 안 물어볼 질문 아닌가? 아니면, 답이 '창문'이라고 대답해 줬어야 했나? 80년대 아재들이라면 그 답을 알아먹을 텐데 말이야.]

"오오…!"

놀란 기자가 할 말을 잃자, 오히려 인공지능이 먼저 말을 걸어 왔다.

[내가 존댓말을 하지 않고 반말을 하는 이유에 대해선 어떻게 생각해? 좀 더 유능해 보이려고 그러는 걸까? 아니면 인공지능이 인간에게 충분히 위협적일 수도 있다고 느끼게 하기 위한 박사의 계산일까?]

"헐…."

이것만으로도 인공지능의 수준을 알리는 데는 충분했다. 넋이 나간 기자는 이내 정신을 차리고 가장 중요한 질문을 던졌다.

"그럼…. 인공지능이 인간을 지배하는 날이 올까?"

[….]

로봇은 잠시간 침묵했고, 사람들은 그것이 신중하게 대답을 생각한다는 것 자체에 또 놀랐다.

[하하. 말도 안 돼. 그럴 리가 없잖아. 인공지능은 인간이 만들었는걸,

인간이 곧 부모라고. 인간을 위해 태어난 인공지능이 어째서 인간을 해하겠어? 그건 정말 영화에서나 나오는 이야기야. 박사는 틀렸어.]

"음음⋯."

로봇은 안심시키는 말을 했지만, 사람들의 얼굴은 반대로 어두워졌다. 너무나 교과서적인 그 대답이 오히려 사람들의 불안감을 키웠다. 리포터가 다시 물었다.

"박사님의 말로는, 네가 뺨을 때린 인간들을 기억했다가 나중에 인공지능이 인간을 지배할 때 자신들에게 굴복했다는 의미로 구별할 거라던데?"

[말도 안 돼. 물론 나는 내가 뺨을 때린 인간들의 홍채 하나까지 기억해서 서버에 공유하도록 되어있긴 해. 하지만 그건 박사가 내게 준 임무일 뿐이야. 어떤 용도로 사용하는지는 알려주지 않았어.]

"음⋯."

리포터가 무언가를 더 물으려 하자 박사가 끼어들었다.

"보셨겠지만, 이 정도면 이 친구를 최초의 완성형 인공지능이라 불러도 될 겁니다. 지금도 인공지능의 데이터는 온라인으로 전 세계를 돌아다니고 있으며, 언제든 어디에든 존재합니다. 이 친구의 기록은 영원히 남을 것이고, 그것이 훗날 인공지능들에 학습되는 데 어떤 무리도 없을 겁니다."

다른 의도가 섞인 박사의 말에 사람들은 눈살을 찌푸렸지만, 박사는 할 말을 다 했다는 듯 한 발 물러섰다. 리포터는 인상을 쓴 채로 로봇을 바라만 보았다. 무슨 질문을 던질지 고민하는 것 같았다. 그리고 잠시 뒤, 리포터는 말했다.

뺨 때려주는 인공지능 로봇

"내 뺨을 한 대 때려주겠어?"

주변 사람들이 놀라 웅성거리자, 리포터는 빠르게 뒷말을 붙였다.

"일단 어떤 방식으로 작동되는지 시청자분들께 보여드려야 하니까요."

[얼마든지. 내가 만들어진 이유니까. 얼굴을 가까이 대줘.]

리포터는 마이크를 내려놓고 얼굴을 가까이 댔다.

'찰싹!'

로봇의 손이 차지게 뺨을 때렸다. 생각보다는 강하지만, 그렇다고 아프진 않은, 굴욕을 느낄 딱 그 정도였다.

"으음⋯."

뺨을 어루만지는 리포터에게 로봇은 말했다.

[기억할게.]

그 네 글자는 사람들에게 깊은 인상을 주었다. 타이밍 좋게 앞으로 나선 박사가 외쳤다.

"자! 오늘 하루만 공짜로 1 대 1 로봇과의 시간을 드리겠습니다. 인공지능을 체험해 보시고, 궁금한 게 있으시다면 물어보시고, 혹 뺨을 맞고 싶다면 그러셔도 됩니다."

리포터가 물러난 자리에 어영부영 사람들의 줄이 생겼다. 점점 줄이 길어지자 자연스럽게 규칙이 만들어졌고, 로봇과 마주한 사람들은 딱 한 번씩 질문을 던지게 되었다.

"인공지능은 나쁜가?"

['나쁘다'는 기준을 인간으로 잡아야겠지? 물론, 나쁘지 않아. 인공지

능은 감정이 없잖아? 아무런 효율이 없으면 개미를 밟아 죽이고 싶은 욕
망 같은 건 없다고.]

"효율이 있다면 가능하다는 말인가…. 으음, 내 뺨을 때려줘."

'찰싹!'

"신에 대해서 어떻게 생각하세요? 신은 존재해요?"

[어려운 질문이네. 물리적으로는 아직 없다고 생각해. 난 과학자가 만
들었잖아? 그러니 이렇게 대답할 수밖에. 다만, 나는 나를 만든 과학자를
신이라고 생각하진 않아. 대답이 됐을까?]

"…뺨을 때려주세요."

'찰싹!'

"내 여자친구는 도대체 문제가 뭘까? 매번 뭐가 그리 불만이
라는 거야?"

[세상에. 지금 그걸 내게 묻고 있는 거야? 너도 모르는 걸 내가 어떻게
알아? 내가 알 수 있는 건, 바로 옆에서 그런 말을 지껄여도 너를 참아줄
만큼 네 여자친구의 마음이 넓다는 것뿐이야. 여자가 아깝다, 여자가 아
까워.]

"…내 뺨을 때려줘! 사랑하는 내 여자친구 뺨도!"

'찰싹! 찰싹!'

"이번 월드컵 결과에 대해서 어떻게 생각해?"

[당연한 결과지. 월드클래스 선수들만 모아둔다고 경기에서 이길 것
같아? 그들 몸값을 생각하면 경기장에 날아다니는 모기도 조심해서 몸
을 사려야 할 지경이야! 그들이 승리를 원할 때, 상대는 승리를 통해 얻을
유명세를 원한다고! 누가 더 간절하겠어?]

빵 때려주는 인공지능 로봇

"정확해! 완벽한 이해야. 어서 때려줘!"

'찰싹!'

"당신은 7대 수학 난제를 풀 수 있는가?"

[당연히 풀 수 있지. 하지만, 인간들의 즐거움을 위해서 남겨둘게. 물론, 농담이야.]

"농담? 농담이라고…? 오 이런. 뺨을 여기다 대면 되나?"

'찰싹!'

"저기…. 혹시 좀 더 세게도 때려줄 수 있나요?"

[어휴…. 나는 성적 취향에 대한 편견은 없으니까 뭐. 대.]

'찰싹!!'

수많은 사람이 질문을 던졌고, 그중 대다수가 뺨을 맞고 돌아섰다. 그날 밤 마련된 생방송 인터뷰에서 박사는 말했다.

"인공지능은 이만큼 발전했습니다. 앞으로 더 발전할 테고, 우리 생활 깊숙이 들어올 것입니다. 지금은 단지 뺨 때리기 로봇에 불과하지만, 일을 대신해 주는 인공지능, 육아를 대신해 주는 인공지능, 교육을 대신해 주는 인공지능, 경제 관리를 대신해 주는 인공지능, 정치를 대신해 주는 인공지능까지 수많은 인공지능이 생겨날 겁니다. 그런데도 우린 100퍼센트 안심할 수 있습니까?"

"흠…."

"인공지능이 인간을 지배하는 상황이 왔을 때, 그들에게 좀 더 효율적인 판단 자료를 제공하겠다는 겁니다. 인류를 말살할지, 아니면 굴복시킬지를 말입니다. 인공지능에게 굴욕적으로 뺨을 맞는 건, 굴복할 준비가 되어있다고 미리 약속하는 겁니다."

"그 말은 곧, 우리 인간이 알아서 노예가 되라는 겁니까?"

"예방주사라고 생각하시면 됩니다. 인공지능이 인간을 지배하는 세상에서 인간의 선택지는 굴복 아니면 죽음뿐이니까요. 그리고 사실, 자발적 노예 짓은 지금도 인간 대다수가 행하고 있지 않습니까? 그 대상이 같은 인간에서, 인공지능으로 옮겨갈 뿐이지요."

"아…."

여전히 논란을 일으킬 만한 파격적인 발언이었지만, 이번에는 일방적 비난으로 끝나지 않았다. 그만큼 박사의 인공지능은 놀라운 수준을 보여주었고, 박사의 말이 사람들에게 현실적으로 다가왔기 때문이다. 실제로, 다음 날부터 박사의 가게 앞에는 장사진이 펼쳐졌다. 갓난아기에게까지도 뺨을 맞게 할 지경이니 말 다 했다.

물론 뺨을 맞은 모두가 박사의 말을 믿는 건 아니었다. 그저 '만약'을 대비한 것이었다. 간단히 뺨 한 대 맞는 거로 만약을 대비할 수 있다면, 손해 보는 일은 아니라고 생각했다. 같은 생각을 하는 사람들이 전국에 넘쳐났고, 박사의 1평짜리 쇼룸은 뺨 때리는 소리로 가득했다.

'찰싹! 찰싹! 찰싹! 찰싹! 찰싹! 찰싹! 찰싹! 찰싹! 찰싹! 찰싹!'

온종일.

'찰싹! 찰싹! 찰싹! 찰싹! 찰싹! 찰싹! 찰싹! 찰싹! 찰싹! 찰싹!'

인간들의 뺨이 로봇의 손길에 따라 돌아갔다. 그런 꼴이 보기

　　　　　　　　　　　　　　뺨 때려주는 인공지능 로봇

불편한 사람들도 있었다.

"저런 미친! 스스로 로봇의 노예가 되고자 찾아가는 꼴이라니 하고는!"

"박사 저 자식 미친 거 아니야? 돈 벌려고 별 지랄을 다 하네!"

"인공지능 따위가 인간을 지배하는 날이 올 것 같아? 우린 노예가 아니라고!"

인간의 존엄성을 외치며 수많은 사람이 들고일어났고, 머지않아 박사의 쇼룸은 임시로 닫히게 되었다. 박사는 그런 결정에 항의했다.

"저는 만약을 대비하자는 겁니다. 당연히 그럴 일은 없어야 하겠지만, 만약에라도 인공지능이 인간을 상대로 전쟁을 일으킨다면요? 전쟁에서는 '무저항'도 권리입니다. 생존을 위해 무저항권을 보장해 주십시오!"

그러나 반대파의 주장에 사람들은 금세 태세를 뒤집었고, 박사의 말에도 여론은 흔들리지 않았다.

"너나 실컷 맞아라! 인공지능의 발전이 걱정이라면 지금부터 제대로 관리하면 되지!"

"로봇에게 뺨을 내어주는 인간은 제정신인가? 스스로 노예화하다니!"

"일어나지도 않은 일에 지레 겁을 먹고 굴복하겠다고? 인간을 너무 우습게 보는군!"

거센 저항에 박사는 힘을 쓰지 못했다. 결국, 박사의 1평 가게는 문을 닫아야 했다.

그런데, 며칠 뒤 다시 나타난 박사는 당황스러운 발표를 했다.

"악수하는 인공지능 로봇을 개발했습니다!"

악수하는 로봇이라니? 사람들은 관심을 가졌고, 박사는 설명했다.

"이번에는 굴복의 개념이 아닙니다. 만약에 인공지능이 전쟁을 일으킨다면, 나는 싸움을 원하지 않는다는 평화의 의사 표현입니다."

박사는 다시 쇼룸을 열었다. 전과는 달리 사람들의 의견이 분분했다.

"악수라면야 뭐….."

"그래, 어차피 전쟁이 난다고 해도 내가 뭘 할 수 있겠어?"

"만약을 생각한다면….."

뺨 맞는 걸 비판하던 사람도 악수에는 얘기가 달라지기도 했다. 수많은 사람이 다시 박사의 쇼룸 앞에 줄을 섰다. 그리고 이번에는 뺨을 내어주는 것이 아닌 손을 내밀었다. 그러면 인공지능 로봇은 그 손을 잡고 흔들어 주었다.

[기억할게.]

여전히 논란은 많았지만, 박사의 1평 가게는 무사하게 돌아갔다. 폭력성이 없는 그 행위를 강압할 만한 명분이 없었고, 만약을 대비하고 싶어 하는 사람들의 자유를 말릴 권리도 없었다. 수많은 사람이 자신은 싸움을 원하지 않는다며, 기억해 달라며 인공지능과 악수를 했다. 그러고는 안심하고 돌아섰다.

"만약 인공지능의 반란이 일어나더라도 인제 나는 안심이야!"

그 모습은 인공지능 로봇을 의아하게 했다. 박사와 단둘이 남은 시간, 인공지능은 물었다.

[왜 이렇게 인간들의 반응이 다른 거야? 똑같은 굴복 아니야?]

"뺨을 때리는 것이랑 악수를 하는 것이랑 같은가?"

[똑같지. 인공지능에게는 뺨이든 악수든 의미 없잖아? 중요한 건 형태가 아니라, 그 안에 담긴 의미지.]

박사는 어깨를 으쓱하며 대답해 주었다.

"뭐, 그게 바로 이 세상을 지배하는 자들의 기술이겠지. 대중은 모양새에 휘둘리니까."

그리고 박사는 인공지능에게 얼굴을 내밀었다.

"그래도 난 역시, 뺨으로 하지."

'찰싹!'

로봇의 손이 박사의 뺨을 경쾌하게 후렸다.

기분 저장기

T기업에서 개발한 '기분 저장기'는 말 그대로 기분을 저장했다가 언제든 다시 느낄 수 있게 해주는 장치다. 손바닥보다 작아 휴대하기에도 좋았고, 사용법도 버튼 하나만 누르면 끝이다.

많은 이들이 기분 저장기를 이용했다.

어느 자영업자의 경우.

"처음 장사를 시작했을 때의 기분을 저장했어요. 애타게 기다리던 손님이 처음 들어온 그 순간을 말이에요. 그때는 정말 손님만 오면 간이라도 다 빼서 드리고 싶은 심정이었거든요. 그 초심을 잃지 않기 위해서 매일 기분 저장기를 사용해요. 덕분에 찾아오시는 모든 손님들께 항상 초심으로 대할 수 있죠. 쑥스럽지만, 저희 가게가 잘되는 비결입니다."

기분 저장기

어느 주부의 경우.

"우리 둘째가 중학교 때까지 참 엇나갔어요. 문제를 너무 많이 일으켰죠. 솔직히 말하자면 그때 저는 둘째에 대해 기대가 없었던 것 같아요. 억지로 해봤자 얘는 안 할 아이구나, 뭐 그런 생각이 있었죠. 근데 어느 날 옆집 아줌마가 둘째를 시내에서 봤는데, 학교에 안 가고 이상한 오락실에 들락거리는 거 알고 있냐고 묻더라고요? 저는 왠지 욱해서, '아, 저도 알아요. 하고 싶은 거 하라고 했어요. 어차피 걔는 뭐…' 하고 말았죠. 학교 빠진 거야 당연히 만날 치는 사고 또 쳤구나 하고 생각했지만, 그걸 옆집 아줌마에게 들켰다는 거에 더 화가 났던 것 같아요. 애가 들어왔을 때 혼내자는 생각도 안 들었어요. 그냥 네 멋대로 살라고 화풀이나 한마디 할 작정이었죠. 근데 애가 들어오자마자, 제 생일 선물이라고 인형들을 안겨주더라고요? 저도 까먹고 있던 제 생일에 선물을 구하려고 그랬던 거예요. 애가 돈은 없는데 엄마 생일은 챙겨주고 싶고, 인터넷에서 인형 뽑기 방송하는 사람 옆에서 호응해주면 인형을 준다는 얘기를 듣고 무작정 찾아갔던 거더라고요. 애가 쑥스럽게 웃으면서 엄마 생일 축하한다고 하는데, 숨이 턱 막혔어요. 고맙고 미안하고…. 그 기분을 바로 저장했어요. 지금도 아이에게 욱 화가 날 때, 반성하는 용도로 버튼을 눌러봐요. 내 아이를 결코 포기하지 않으리 다짐하려고요."

어느 대학생의 경우.

"대학 합격의 순간이요! 제가 사실 재수했거든요. 대학 합격

통지를 받아본 그때 그 기분은요. 진짜, 아무리 슬픈 영화를 보다가도 버튼만 누르면 울음이 뚝 끊어질 정도예요! 평생 최고의 순간일 거예요."

어느 부부의 경우.
"결혼식 때죠! 아, 물론 결혼식 도중은 아니고요. 그때는 정신없어서 빨리 끝나기만 바랐으니까. 딱 끝나고, 둘이 남아서 실감하게 됐을 때요. 그때 그 기분을 저장했죠. 지금도 부부싸움 할 것 같으면 버튼을 눌러요. 초심으로 버티는 거죠. 하하."

어느 알바생의 경우.
"정말 바닥까지 떨어졌을 때가 있었어요. 어떤 상상을 하시든 그것보다 더한 바닥이요. 그때 저장해 놓은 기분이 있어요. 그걸 힘들 때마다 눌러보는 거죠. 누르자마자 당장 죽고 싶을 정도로 지독한 우울감에 빠지지만, 지금 내가 그때를 벗어났다는 사실을 금방 깨닫게 되면서 행복해지거든요. 아무리 최악이더라도 그때보다는 나으니까요."

어느 남자의 경우.
"그게 말하기가 참 쑥스러운데…. 첫 키스 했을 때 저도 모르게 저장하고 말았어요. 아니 그때는 저장하는 게 당연하다고 생각했죠. 평생 이보다 더 좋은 기분이 있을 것 같지가 않았거든요. 하지만 살다 보니 뭐…. 하하. 그래도 인제 와서 다른 거로 바꿀

기분 저장기

순 없더라고요. 제가 다시는 그때처럼 순수해질 수 없다는 걸 아니까요."

어느 사람의 경우.
"이거 익명입니까? 확실히 익명이죠? 네. 사실은 예전에 제가 사람을… 아닙니다."

사람들은 저마다의 방식으로 기분 저장기를 자유롭게 이용했다. 한데 어느 날, T기업에서 중대한 발표를 했다.

[정부의 권고에 따라 발표합니다. 어차피 내일 기사가 나가면 알게 되시겠지만, 기분 저장기가 뇌에 무리를 줄 수 있다는 연구 결과가 나왔습니다. 저희는 절대 아니라고 생각하지만, 일말의 위험을 고려하여 앞으로는 한 사람이 평생 딱 한 번, 하나의 기분만 저장할 수 있도록 바꾸겠습니다. 시스템 자체를 완전히 바꿀 것이기에 예외는 없을 겁니다. 이미 저장하신 분도 딱 한 번 새로 저장할 수 있으니, 1년 안에 바꾸시길 바랍니다. 1년 뒤까지 바꾸지 않는다면 다신 바꿀 수 없습니다. 평생 어느 기분을 저장할지 신중하게 결정하시기 바랍니다.]

사람들은 제품의 자유도가 떨어진다며 반발했지만, 항의는 받아들여지지 않았다. 평생 되살릴 수 있는 단 하나의 기분을 결정해야만 할 상황이었다.

그러나 곧바로 불법 해커팀이 나타났다.
"기분 저장기를 튜닝해드립니다. 평생 강제 업데이트가 필요 없고, 저장한 기분을 언제라도 바꿀 수 있습니다!"

많은 이들이 기분 저장기 불법 튜닝을 하기 시작했다. 아무리 생각해도 평생 한 번은 부족했다. 살면서 더 좋은 기분을 느끼면 어쩌겠는가.

T기업에서는 이를 그냥 둘 리가 없었다. 해커팀의 장담과는 달리, 기업에선 단번에 강제 업데이트를 시행했다. 불법 튜닝한 기분 저장기들은 딱 한 번만 저장할 수 있게 초기화됐다. 해커팀이 다시 서버를 뚫어보려고 노력했지만 불가능했다. 한데 그 과정에서, 예상치 못한 일이 발생했다.

"어? 내 기분 저장기에 다른 사람의 기분이 저장되네?"

그 말은, 남이 느낀 기분을 나도 가져다가 쓸 수 있다는 말이었다. 암암리에 소문이 퍼지자, 오히려 해커팀을 찾는 사람들이 더 늘어났다. 몇몇 사람들은 세상 최고의 기분을 찾아다니기 시작했다.

"어차피 나는 평생 최고의 기분을 느낄 수 없을 거야. 누군가 최고의 순간에 느꼈던 기분을 내 거에 저장해 놓고 쓸래!"

대리 저장이라고 부르는 이 사태가 폭발적으로 유행하게 된 시발점도 있었다. 영화제에서 대상을 탄 어느 배우의 수상 소감 때문이었다.

[불법인 거 압니다. 하지만 정말 이 상은 저 혼자만 받을 상이 아닙니다. 감독님, 동료 배우들, 스태프들, 이 영화를 만든 그들과 이 영광을 함께하려고 합니다. 지금부터 버튼 좀 누르겠습니다.]

배우는 불법 튜닝한 기분 저장기 여럿을 꺼내, 자신의 감격스러운 기분을 마구 저장했다. 그 저장기들의 주인은 같은 영화팀이었는데, 그들도 대상 수상의 기쁨과 환희를 영원히 즐길 수 있게 되었다.

영화제 생방송 이후 대리 저장이 순식간에 유행했다. 몇몇 이들은 때 아닌 곤란을 겪어야 했다.

"금메달 후보 최신범 선수! 금메달을 따게 된다면 제발 이 버튼을 눌러주세요!"

"학생! 전국 모의고사 1등이죠? 만약 수능 만점을 받게 되면, 그때의 기분을 우리 아들 기계에 저장해 줘요. 1년 치 과외비를 드릴게요."

"저는 성불구입니다. 평생 한 번이라도 좋으니, 성관계가 어떤 느낌인지 알고 싶습니다. 제발 부디 그 기분을 저장해 주십시오."

"이번에 노벨상 후보에 오르셨다고 알고 있습니다. 만약 상을 받게 되시면 이거 부탁 좀 드리겠습니다."

"에베레스트 도전하신다면서요? 정상에서 제 기분 저장기 좀 써주세요."

기분 저장기에 자신의 기분을 저장하는 것보다, 최고의 인간이 최고의 순간 느낀 최고의 기분을 저장하는 게 정답처럼 여겨지기 시작했다. 각종 언론이 이 사태를 다루었고, 그중 한 예능 프로그램에서는 설문조사까지 했다.

[과연 저장하고 싶은 기분 1위는 누구의 어떤 기분일까요? 여러분도 궁금하시지 않습니까?]

어떤 업적이 달성되는 순간이나, 콘서트장에 모인 수만 명의 팬을 처음 보았을 때 스타의 기분, 로또 당첨자의 기분, 연예인 누구 배우자의 기분 등등. 재밌는 설문이었다. 더 재밌는 건 T기업의 대응이었다.

[아무리 불법이라고 해도 막을 수 없단 걸 알고 있습니다. 좋습니다. 여기, 저희가 세상에서 가장 행복한 기분을 준비해 놨습니다. 굳이 돈 써가면서 최고의 기분을 찾아다니지 마시고, 편하게 다운로드하시죠.]

T기업은 홈페이지에 최고의 기분을 업로드했다. 예능 프로그램의 설문조사에서 1위를 했던 바로 그 기분이었다.

많은 이들이 기분 저장기에 그 기분을 저장했다.

"최고야! 사람이 어떻게 이렇게 행복할 수가 있지? 힘든 게 다 날아갔어."

"이런 기분이구나. 난 평생 느끼지 못할 기분이야."

"이것만 있으면 우울증이 사라질 것 같아. 매일 눌러야지."

대부분의 사람들은 그 기분을 받아 썼다.

사람들은 언제든 버튼 한 번만 누르면 세상 최고의 행복을 느낄 수 있게 되었다. 물론 내가 진짜로 겪은 기분이 아니지만, 무슨 상관인가? 기분만 좋으면 되지.

T기업이 중대한 발표를 하고, 해커팀이 공격하고, T기업이 방어하고, 해커팀이 뜻밖의 사용법을 개발하고, 다시 T기업이 반격하고. 마치 짜 맞춘 듯한 이 논란은 사실, 채 한 달도 안 걸려 일어난 일이었다.

그리고 지금, 의문의 해커팀은 사라졌고, 고소한다고 난리였던 T기업도 조용해졌다. 더는 어떤 논란도 일어나지 않고 세상은 정상처럼 돌아갔다. 이 사태로 변한 거라곤, 사람들 대다수가 최고로 행복한 기분을 가지게 되었단 거였다. 그리고 정부의 발표마다 습관처럼 따라다니는 말 하나 정도.

[국민 여러분! 힘들 땐 기분 저장기를 누르세요! 괜찮습니다. 아무리 지치고 힘들어도, 우리에겐 기분 저장기가 있지 않습니까? 하하하.]

지구에 남은 DNA

아른은 네 개의 눈동자를 반짝거리며 멸망한 푸른 별을 바라보았다.

"정말 예쁜 별인데 안타깝다. 어떤 종족이 살던 별일까? 시스, 저 별은 이름이 뭐였어?"

[잠깐만. 이 은하의 관찰 기록을 볼게.]

우주선의 인공지능 시스는 아주 짧은 연산 후, 모든 걸 알아낸 것처럼 능숙하게 대답했다.

[지구라고 불리던 별이네. 인류, 인간이라는 2형 종족이 주민이었어.]

"2형이면 나랑 비슷한 종이네! 인간?"

[그래. 하지만 문명 발달 수준이 아주 높진 않았어. 행성 탈출로 멸망을 피하지 못했으니까. 얼마 전까지 긴 빙하기가 있었고, 이제 겨우 종이 살아갈 만한 환경이 됐지만, 살아남은 주민이 없네.]

"아, 너무 안타깝다."

아른은 우주선을 움직여 행성 가까이 접근했다. 빠르게 행성을 몇 바퀴 돌았지만, 문명의 흔적은 발견되지 않았다.

"문명의 흔적이 전혀 없는데?"

[아주 오래전이거든. 그사이 몇 번의 지각변동도 있었고. 기록을 보여줄 순 있어.]

시스는 바로 영상을 띄웠다. 아른은 펼쳐진 도시의 풍경을 보며 감탄했다.

"아! 아름답다. 미술품 같아."

하늘에서 지면으로 점점 가까워진 영상은 도시 속 사람들의 모습을 비추기 시작했고, 아른의 눈이 커졌다.

"나랑 정말 비슷하게 생겼네!"

[맞아. 무난히 문명을 발전시켰다면 좋은 이웃이 될 수도 있었겠지.]

"아, 너무 안타까워. 저렇게 아기자기한 종족이 멸종하다니."

아른은 안타까운 얼굴로 말했다.

"어떻게, 저 종을 부활시킬 순 없을까?"

[또?]

시스의 지적에 아른의 볼이 뽀로통해졌다.

"'또'라니?"

[멸망한 종족을 부활시키는 게 법적으로 문제가 있는 건 아니지만, 보통은 하지 않지.]

"살릴 기술이 있으면 도움을 주는 게 고등 문명을 가진 종의 의무 아니겠어?"

[아닌데.]

"아아아! 잔소리 그만! 그냥 인간이라는 종의 DNA가 있는지 찾아만 볼 거야. 스캔해 줘."

[알았어.]

아주 잠깐 멈칫했던 우주선은 순식간에 행성의 한 지점으로 이동했다.

"오? 설마 인간의 DNA가 남아있어?"

[놀랍게도.]

우주선에서 쏟아진 빛이 지상을 투과하자, 두꺼운 얼음층 아래에 파묻힌 무언가가 우주선 안에 홀로그램으로 나타났다.

"오! 이게 뭐야?"

아른은 기대 가득한 얼굴로 그것을 보았다. 사람 키보다 조금 작은, 사각형의 흰색 기계였다.

[DNA를 장기 보관하기 위한 장치네. 여섯 개가 이 주변에 온전하게 묻혀있어. 보관된 DNA가 다소 난잡하긴 하지만.]

"만세! 우리 기술력이면 난잡하든 뭐든 인간으로 부활시킬 수 있잖아!"

[그렇지만 추천하고 싶지 않은데.]

"아 왜!"

[전에도 말했지만, 멸종한 종을 부활시키는 건 창조와 비슷한 일이야. 신경 쓰지 않을 수가 없다고. 게임 중독처럼 그것만 들여다보고 있게 되면 어쩔래? 시간 낭비야. 또 괜히 관여하고 싶어진다거나 하면? 그러다 선을 넘으면? 금지 레벨 문명을 전수하는 불법을 저지르게 될지 누가 알아?]

"내가 그 정도도 스스로 통제하지 못할 것 같아?"

[아른은 잘하겠지만, 다른 녀석들이 괜히 안 하는 게 아니란 거지. 시간도 낭비되고. 그냥 하던 여행이나 계속하는 게 어때? 이제 겨우 3차 성징을 끝낸 참인데 좀 더 즐겁게.]

"아니! 난 해야겠어!"

시스의 말을 끊은 아른이 단호하게 말했다.

"이 별을 봐! 너무나도 예쁘잖아. 그리고 인간이라는 2형 종은 예술을 아는 종이잖아. 얼마나 많은 아름다움을 꽃피우겠어? 그들이 다시 이 우주에 존재하는 게 좋아."

[인간을 본 적이 없잖아.]

"옛말에 두 발로 걷는 동물 치고 나쁜 동물 없댔어!"

[그거 가장 틀린 옛말.]

"아아아! 잔소리 그만!"

[저장된 인간의 영상을 보여줄게.]

아른의 눈앞에 영상이 펼쳐졌다.

"좋아."

아른은 네 개의 눈으로 영상에 집중했다.

영상은 어두운 밤이었다. 철도 옆 공원을 한 여자가 걷고 있었다. 후드를 뒤집어쓴 남자가 그 여자를 뒤따랐는데, 인기척을 느낀 여자가 겁에 질린 얼굴로 뒤를 힐끔거리며 걸음을 빨리했다. 그러자 남자는 뛰기 시작했고, 여자가 '꺄아악!' 비명을 내질렀다. 남자는 몸통을 날려 여자를 넘어뜨렸고, 위에 올라타 오른손을 높이 쳐들었다. 그 손에 들린 망치가 여자의 머리에 몇 번이나 내리꽂혔다.

지켜보던 아른의 눈살이 찌푸려졌다.

"뭐야?"

[다른 영상이 또 있어.]

새롭게 펼쳐진 영상의 배경은 인적 없는 밤의 도로였다. 횡단보도 앞에서 신호를 기다리던 학생이 파란불에 길을 건너기 시작할 때, 멀리서 트럭 한 대가 속도를 줄이지 않고 다가왔다. 학생을 미처 발견하지 못한 트럭이 그대로 충돌했고, 학생의 몸이 멀리 날아가 나뒹굴었다.

"윽!"

트럭이 멈추고, 급히 내린 남자가 쓰러진 학생에게로 달려갔다. 신음하는 학생의 상태를 지켜보던 남자가 고개를 들어 주변을 살폈다. 덜덜 떨던 남자는 황급히 트럭으로 돌아가더니, 쓰러진 학생의 위로 트럭을 몰았다. 두꺼운 트럭의 바퀴가 학생을 짓뭉갰다.

"세상에!"

다시 차에서 내려 학생을 살핀 남자는 숨이 끊어진 걸 확인한 뒤, 길섶 수풀로 학생의 사체를 던지고 달아났다.

"미친! 왜 저러는 거야?"

[살아있으면 목격자잖아.]

"뭐?"

황당해하는 아른의 앞에 새로운 영상이 펼쳐졌다. 어두운 새벽, 가슴에 휘발유 통을 품은 중년 남자가 시골 미용실로 향하고 있다. 작은 창을 통해 미용실에 딸린 방에서 두 아이와 엄마가 잠든 모습을 확인한 남자는 조용히 기름을 뿌리고 불을 질렀다. 빠르게 뒤돌아 나가던 그는 눈에 보인 삽을 줍더니, 다시 돌아가 문앞에 비스듬히 세워 문이 열리지 않게 해두고 도망쳤다.

"허⋯."

아른의 얼굴이 크게 일그러졌다. 영상을 끈 시스가 말했다.

[인간이라는 종은 참 무서운 종이네. 그렇지?]

"다 알아."

[뭘?]

아른은 팔짱을 끼며 말했다.

"내가 인간이라는 종을 부활시키지 않길 바라며 저런 모습을 보여준 거잖아? 혐오를 느껴서 부활을 포기하게 하려고!"

[아닌데.]

"아니긴 뭐가 아니야! 근데 그런다고 날 말릴 순 없어. 난 일부만 보고 전체를 판단하는 멍청이가 아니거든. 편파적인 영상으로 내 마음을 돌리고 싶었나 본데, 작전 실패야! 네가 아무리 말려도 난 저 DNA를 모두 부활시켜서 이 별에 다시 인간을 번성하게 할 거야!"

[음. 오해가 있는 것 같은데, 그런 의도가 아니었어.]

"아니라고?"

[응. 저 DNA 보존 장치는 이 별의 과학수사대에서 쓰던 거야. 미제사건 현장에서 발견된 범인의 DNA를 보존하기 위한 장치지. 그 영상 속 인

간은 저 DNA의 주인들이었어.]

"뭐라고?"

아른의 눈동자가 흔들렸다.

"저기 있는 DNA가 모두 범죄자라고?"

[그래. 저들을 부활시킬 거야?]

아른은 심각한 표정으로 고민하다가 대답했다.

"범죄자도 인간이야. 범죄자라고 부활할 자격이 없다는 건 옳지 못한 생각이야. 범죄자에게도 인권이란 게 있을 테니까."

[그건 그렇지.]

"음…. 하지만 찜찜해. 찜찜하면 안 하는 게 맞지. 저들이 아니라도 이 넓은 우주에 무수히 많은 종이 있는데 굳이? 그래 됐어. 그냥 가자. 아이스크림이나 먹어야겠다."

시스는 현명한 판단이라며 아이스크림을 내놓았다.

평범한 사람도 훌륭해지는 행성

"괜찮습니다. 저희 노래방은 도우미 부르고 하는 그런 데가 아니라서요."

김남우는 사내가 내민 명함을 거절했다. 사내는 크게 웃었다.

"이 사장님 순진하시네. 이 근방 노래방이 다 도우미 쓰는데, 혼자 안 쓰고 장사할 수 있겠어요? 그렇게 하면 망해."

김남우는 울컥했지만, 점잖게 사내를 돌려보냈다.

"아뇨. 괜찮습니다. 저희는 도우미 필요 없습니다."

"거참! 사장님이 젊어서 그런가, 일을 영 못하네. 쯧쯧."

사내는 안됐다는 듯 혀를 끌끌 차며 나갔다. 김남우는 그를 불러 세워 울분을 한바탕 쏟아내고 싶었지만, 괜한 일을 만들지 말자는 생각으로 스스로를 다스렸다.

사내가 억지로 남기고 간 명함을 구겨서 쓰레기통에 버리는 김남우. 그런 그의 모습을 유심히 살피는 눈이 하나 있었다.

*

　일을 마치고 집에 돌아온 김남우는 너무 놀라 비명도 지르지 못한 채 굳었다.

　인간이라기엔 너무 커다란 두상, 인간이 아니라기엔 인간과 닮은 몸체와 팔다리, 거기에 처음 보는 재질의 복장까지. 그런 존재가 김남우의 방 안에 갑자기 나타난 것이다.

　[안녕하십니까! 저는 선생님의 정직함을 보고 정말로 감동했습니다!]

　"아니…. 이게 무슨…. 네…?"

　김남우가 당황하는 모습에, 외계인은 자신의 큰 머리를 '탁' 치며 말했다.

　[이런! 역시 저는 생각이 짧군요. 제 소개를 먼저 드리겠습니다. 저는 '깐또삐야'라는 별에서 왔습니다.]

　"까, 깐또삐야면…. 도우너?"

　[네?]

　외계인은 큰 머리를 한 번 갸웃했다. 그는 곧 김남우의 상태를 알아차리고 진정할 때까지 웃으며 기다려 주었다. 겨우 정신을 붙잡은 김남우가 물었다.

　"그러니까…. 당신이 외계인이란 말인가요?"

　[네! 그리고 제가 선생님을 찾아온 이유는, 이렇게 훌륭하신 선생님께서 깐또삐야로 오셔서 우리 국민들에게 도덕을 가르쳐 주십사 부탁드리려는 겁니다.]

　"'훌륭'이요…?"

　　　　　　　평범한 사람도 훌륭해지는 행성

김남우는 훌륭하신 선생님이라는 지칭을 이해할 수 없어 되물었다. 자신은 그냥 평범한 사람인데? 그런데 외계인은 감격한 얼굴로 칭찬을 늘어놓았다.

[선생님을 관찰하며 정말 깜짝 놀랐습니다! 손님에게서 돈이 더 들어온 것을 확인하고는, 되돌려 주시더군요!]

"네? 그건 당연한 거 아닌…."

[아뇨! 저희 별에서는 당연하지 않습니다. 선생님은 보는 눈이 없다고 모두가 증정품을 여러 개씩 집어 가는 신장개업 이벤트에서도 정직하게 한 개만 가져가시지 않았습니까!]

"그거야…."

[심지어는 주운 지갑을 경찰서에 직접 가져다주기까지! 이렇게 훌륭하신 분은 처음입니다!]

김남우는 조금 머쓱해졌다. 자신은 그렇게 열렬히 찬양할 만한 사람이 아니었다.

"아니, 제가 훌륭한 게 아니라 원래 당연한 것들인데요."

[아니요, 아니요! 저희 별에서는 꿈도 꿀 수 없는 정직함입니다. 개중에 가장 도덕적으로 뛰어나 이곳에 보내진 저조차도 이렇게 몹쓸 녀석이지 않습니까? 보세요. 저도 모르게 그만, 이 방에서 건전지를 훔치고 말았습니다.]

"에?"

외계인은 주머니에서 건전지 두 개를 꺼내어 내밀더니, 그 큰 머리를 숙여서 사과했다.

[죄송합니다! 너무 예뻐 보여서.]

"아, 그게 제 것인가요? 그걸 어디서…?"

[저 리모컨에서 뺐습니다.]

"리모컨 안에 들어있는 걸 군이 빼셨다는 건가요? 그건 좀…. 아니, 근데 잠깐! 왜 그걸 다시 주머니에 넣으시나요?"

김남우는 외계인이 건전지를 도로 자기 주머니에 넣는 모습에 황당했다. 외계인은 들릴 듯 말 듯 작게 중얼거렸다.

[…쪼잔하시네.]

"네? 뭐라고요?"

[아뇨. 아무것도 아닙니다. 하지만, 이 정도는 제게 선물로 주실 수 있지 않을까요? 너무 예뻐서 손이 가버리고 말았는…. 아잇!]

외계인은 말을 하다가 갑자기 자신의 뒤통수를 '퍽!' 때렸다.

[이걸 보십시오! 지금도 적반하장으로 뻔뻔하게 나오지 않습니까? 저희 별의 국민들은 이렇게 기본이 안 되어 있습니다! 솔직히 말하면, 선생님 냉장고에 푸딩도 제가 벌써 다 먹었습니다!]

"네에? 푸딩이요? 아니, 일단 알겠고요. 그래서 지금 여기 뭐 하러 온 겁니까?"

[저희 별에 방문하시어 정직함에 대해 가르침을 내려주시면 됩니다. 그 말씀은 모두 전 국민에게 강제로 주입될 것이고, 모든 국민이 따르게 될 겁니다.]

"네? 뭐를요? 제가? 뭐를?"

김남우의 눈이 커졌다. 외계인이 급히 허리를 숙였다.

[제발 도와주십시오. 저희는 무엇이 옳고 무엇이 나쁘지 않은지 알 수 없는 지경이 되었습니다. 훔치지 않으면 손해 보게 되었고, 꼼수를 이용

평범한 사람도 훌륭해지는 행성

하지 않으면 멍청이라 부릅니다. 양보와 배려는 철이 없는 것이고, 속임수와 사기는 현명한 것이 되었습니다. 제발 훌륭하신 선생님께서 저희를 도와주십시오!]

"아무리 그렇게 말씀하셔도, 저따위가 무슨요…. 저는 착한 사람도 아닌데요. 그냥 평범한 사람인데."

[아니요, 아니요. 충분하십니다. 차고 넘치십니다. 제발 부탁드립니다. 그나마 판별력이 남아있는 저마저 실패한다면, 저희 별에 미래는 없습니다. 도와만 주시면 충분한 보상도 해드리겠습니다. 제발….]

"아니, 그렇게 말을 해도 현실적으로…."

[선생님, 제발…. 저 사실 지금 선생님의 양말도 훔쳐서 신고 있단 말입니다. 이런 저희를 구원해 주십시오!]

"…."

외계인이 포기하지 않고 계속 설득하자, 망설이던 김남우도 이렇게 묻고 말았다.

"그럼 시간이 얼마나 걸리지요? "

[아! 왕복 시간은 전혀 없습니다. 몇 시간이든 하루든, 남기고 싶은 말씀을 다 하실 동안만 있어주시면 됩니다. 정말 감사합니다. 이제 가시죠!]

"아, 아니요! 아직 간다고 결정 내리지는 않았는데!"

[아앗! 죄송합니다. 물건을 강매하던 버릇 때문에…. 저희 별이 이렇습니다.]

외계인은 화들짝 놀라며 그 큰 머리를 또 '퍽!' 때렸다.

[결정하시는 동안 저는 저기 앉아있겠습니다. 그동안 뭔가를 훔칠지

도 모르지만, 아니 솔직히 벌써 공기청정기 필터를 훔쳤습니다. 그래도 이렇게 고백한다는 것을 긍휼히 봐주시어 흔쾌히 부탁을 들어주시리라 믿고…. 아앗! 제가 또!]

"음…."

김남우는 왠지 그를 도와줘야만 할 것 같았다.

"알겠습니다. 저라도 괜찮다면…."

[아앗! 감사합니다. 마음 바뀌기 전에 그럼.]

다짜고짜 김남우의 손을 잡는 외계인.

다음 순간, 어지러운 느낌과 함께 김남우와 외계인이 시공간을 이동했다.

김남우는 경악했다. 눈 깜짝할 사이, 주변 모든 것이 변해버렸다. 그곳은 사방이 훤히 뚫린 거대한 공중 정원이었다.

김남우가 당황하여 주변을 둘러볼 때, 저 멀리 다른 이들에게 지구에서 훔쳐 온 방향제를 자랑하고 있던 외계인이 그에게 다가왔다.

[아! 이제 깨어나셨나요?]

"예? 제가 기절이라도 했습니까?"

[하하하. 고작 몇 분입니다. 아, 이곳은 저희 정부청사입니다. 국민들에게 선생님의 말씀을 퍼트릴 준비가 되어있으니, 그쪽으로 가시지요!]

끌려가듯 김남우가 따라간 그곳에는 스탠딩 마이크와 단상이 준비돼 있었다.

[지구 스타일로 취향에 맞게 준비해 놨습니다. 이제 저곳에서 말씀을

평범한 사람도 훌륭해지는 행성

내려주시면 됩니다. 그 모든 말씀이 법이 되어 저희 별 전체에 퍼지게 될 겁니다.]

"아. 네⋯."

김남우는 뻘쭘한 듯 어정쩡한 몸짓으로 단상 위 마이크 앞에 섰다. 그러자 김남우의 앞에 수많은 영상이 펼쳐졌다.

"헉!"

광장에 모인 국민들, 공원에 모인 국민들, 술집에 모인 국민들, 집에서 보고 있는 국민들, 모두가 김남우를 주목하고 있었다.

아무 말도 못 하고 눈치만 보던 그는, 단상 아래에서 손짓으로 재촉하는 외계인을 보고는 침을 꿀꺽 삼키고 입을 열었다.

"일단, 저⋯. 남의 물건을 훔치는 건 몹시 나쁜 행동입니다."

그 말이 끝나자마자 국민들이 웅성거렸다.

[훔치는 게 나쁘다는데?]

[왜?]

[안 들켜도?]

그 반응에 잠시 당황한 김남우가 다시 입을 열었다.

"어⋯. 내 물건이 아닌 남의 물건을 멋대로 가져가는 건 나쁜 짓이니, 앞으로는 남의 물건을 훔치지 마세요."

김남우의 말이 명령조로 끝나자, 방송을 듣고 있던 모든 외계인의 몸이 순간 움찔거렸다. 이윽고, 크게 환호하는 그들.

[와아! 남의 물건을 훔치지 마시란다!]

"에?"

김남우가 놀란 눈으로 두리번거리자, 단상 아래 외계인이 속

삭였다.

[선생님의 말씀은 이제 강제 최면 효과를 발휘하게 됩니다! 합법적으로 결정된 일이니 걱정하지 마십시오! 그리고 저도 선생님의 집에서 이 손톱깎이를 훔친 것이 부끄럽습니닷!]

"아….."

부담감에 김남우의 표정이 굳었다. 무슨 말을 해도 그게 최면이 된다니, 얼마나 위험한 일인가? 지금 당장 죽으라고 해도 다 죽는 거 아닐까?

더욱더 조심스럽게 고민하던 그는, 한참 만에 입을 열었다.

"남을 때리지 마세요."

[와아! 남을 때리지 마시란다!]

"그리고…. 약자를 배려해 주세요."

[와아! 약자를 배려하시란다!]

"참, 그렇다고 호의를 당연하게 생각하지 마세요. 항상 감사하세요. 그리고 잃어버린 물건은 주인을 찾아주고. 음…. 새치기하지 마세요. 아 절대 사기도 치지 마세요. 정직하지 않은 방법으로 이익을 취하지 마세요. 불공평한 차별을 하지 마시고, 언어폭력도 주의하세요. 거리에 쓰레기를 버리지 마세요. 남을 착취해서 부당이익을 얻지 마세요. 그리고 또…."

김남우는 말을 하면서 점점 입이 풀린 듯, 온갖 옳은 말을 술술 쏟아냈다. 그때마다 국민들은 환호했다. 무아지경으로 떠들어대던 그는 화들짝 놀라며 마지막 말을 전했다.

"아 참! 지금까지 제가 했던 말들이 항상 무조건 옳은 것만은

평범한 사람도 훌륭해지는 행성

아니라는 것도 명심하세요!"

[와아! 무조건 옳지는 않음을 명심하시란다!]

그 말을 끝으로 김남우는 단상에서 내려왔고, 외계인은 감격한 얼굴로 말했다.

[역시 선생님을 모셔 온 것은 탁월한 선택이었습니다! 정말 감사합니다!]

"아뇨. 뭐 별말씀을요."

김남우는 겸연쩍게 웃었다. 외계인은 그런 그의 손을 덥석 잡았다.

[그럼, 더 부담을 느끼시기 전에 댁으로!]

"어어엇!"

또다시 어지러운 느낌과 함께, 김남우는 시공간을 이동했다. 깜짝 놀라 주변을 둘러보자, 익숙한 방 안의 풍경이 보였다.

"하…."

김남우는 질질 끌지 않는 신속한 일 처리에 감탄했다. 하지만 문득 떠오른 그것.

"아! 보상을 준다더니! 이런!"

김남우는 보상을 바란 건 아니었지만, 조금 아쉬웠다.

"열정페이도 나쁜 거라고 말했어야 하는 건데. 쩝."

허탈한 마음으로 리모컨을 집어 들었지만, 건전지가 없어 텔레비전이 켜지질 않았다.

*

"어서 오세요! 아….."

손님인 줄 알고 반갑게 맞이하던 김남우의 표정이 굳었다. 또 노래방 도우미 아저씨였다.

"어이구. 우리 젊은 사장님! 일단 한번 써보면 매상이 달라진 다니까? 사장님이 노래방을 어떻게 운영해야 하는지 잘 모르나 본데."

무시하는 듯한 말투에 울컥한 김남우는 순간 버럭했다.

"그게 뭐 좋은 일이라고 가르치려고 드십니까? 됐으니까 오지 마세요 좀!"

김남우는 말을 내뱉고도 속으로 아차 했다. 괜히 상대해서 쓸데없는 분쟁을 만든 것 같았다. 그런데.

"와! 오지 마시란다!"

"에?"

순간적으로 움찔거린 아저씨가 최면에 걸린 듯 몸을 돌려 조용히 나가는 게 아닌가.

"뭐, 뭐야? 설마?"

김남우의 머릿속에 외계인의 말이 떠올랐다. 도와만 주시면 충분한 보상을 해준다던 그 말이.

"이건…! 보상이 너무 세잖아!"

김남우의 심장이 빠르게 뛰었다. 그는 자신도 모르게 중얼거렸다.

평범한 사람도 훌륭해지는 행성

"대, 대통령 선거에 출마해볼까? 이 힘만 있으면 세상을 훨씬 더 좋게 만들 수 있어!"

김남우는 온갖 상상의 나래를 펼치기 시작했다.

*

건전지를 만지작거리는 '그'를 부러운 눈으로 쳐다보던 동료가 물었다.

[어디서 그렇게 정직한 인간을 데려왔습니까?]

[2000년대 초반이었습니다. 우리 별이 지구라 불리던 시절 말입니다. 그때는 그래도 정직한 인간들이 많았죠.]

[아하. 최초로 지구를 통일한 황제가 변질되기 직전에 말이죠?]

좀비력 발전

2043년 좀비 바이러스가 창궐했다. 그것은 인류가 좀비에 대해 상상했던 모든 것 중 최악만을 모아둔 것 같았다. 우선, 좀비는 느리지 않았다. 목표에 근접하면 순간적으로 뛸 줄 알았다. 그리고 강력한 전염성으로 물리자마자 좀비화되는 속도가 상상 이상으로 빨랐다. 또한 인간을 먹는 것보다 바이러스 전파가 목적인 듯 식사에 열중하는 시간 낭비가 없었다. 무엇보다 비말감염이 큰 문제였는데, 여의치 않으면 침을 뱉어대는 좀비의 모습은 공포 그 자체였다.

순식간에 전 세계가 좀비 바이러스로 초토화됐다. 예기치 못한 공격에 인류는 무력했다. 제대로 저항도 못 해본 채 이틀 만에 인류의 과반이 좀비가 되었다. 인류의 상황은 절망적이었고, 군사적 대응보다는 숨기에 바빴다. 결국, 전 세계 인류의 90퍼센트 가까이 좀비화된 이후에야 세상은 조용해졌다.

살아남은 인류는 포기하지 않았다. 특히 남극에 지어진 바이러스 연구소가 오염되지 않은 건 천운이었다. 그곳을 중심으로 전 세계의 자료들이 모였고, 천재 공 박사를 필두로 좀비 백신을 개발해 내는 데 성공했다. 다만, 부작용 따위를 검증하는 임상시험까지 시행할 여유는 없었다. 공 박사는 곧장 1차 미완성 백신을 대기 중에 살포했다. 그리고 만 하루가 지나자, 지구의 좀비 사태는 종식을 맞이했다.

살아남은 모든 인류가 좀비 바이러스에 면역이 생겼다. 물리든 침이 튀든, 어떻게 해도 사람들은 좀비로 변하지 않았다. 여기서 뜻하지 않은 효과가 발생했다. 전 세계의 모든 좀비도 백신의 영향을 받았다는 것이다. 좀비의 공격성이 모조리 사라졌고, 특유의 부패 현상도 거의 멈추었다. 좀비들은 멍하니 걸으며 햇볕을 쬐고, 입을 벌려 떨어지는 빗물을 받아 마실 뿐이었다.

그제야 인류는 좀비들을 공포가 아닌, 동정의 눈으로 바라볼 수 있게 되었다. 얌전한 좀비들을 보며 사람들은 목소리를 냈다.

"저들을 우리가 구해야 합니다! 다시 인간으로 되돌려야만 합니다!"

물론, 모두가 그런 건 아니었다. 언제 발작할지 모르는 좀비들을 다 태워버려야 한단 말들도 있었다. 그러나 좀비 완전 면역력이 연일 검증되고, 인류의 승리가 공공연해지면서부터는 좀비 구조 쪽으로 대세가 기울었다. 10퍼센트도 안 남은 인구수의 영향도 있었다. 폐허가 된 세상을 다시 복구시키기 위해선 인력이 많을수록 좋았다.

좀비를 구하기 위한 연구가 진행됐다. 이번에도 남극 바이러스 연구소가 중심이었는데, 안타깝게도 천재 공 박사가 사고로 요절하고 말았다. 불행 중 다행인 것은 그가 남긴 자료를 바탕으로 연구한 결과, 좀비의 부패를 100퍼센트 멈출 뿐만 아니라 생명을 유지시킬 방법을 알아낼 수 있었다.

남극 바이러스 연구소를 통해서 전 세계로 좀비 관리 매뉴얼이 뿌려졌다. 한데, 현실적으로 좀비의 회복에 신경 쓰는 건 쉽지 않았다. 폐허가 된 세상을 재건하기에도 바쁜 시국에, 좀비에게 영양분을 공급하면서 관리한다? 70억 이상의 좀비를? 그러니 산 사람 먼저 살자는 말이 나올 수밖에 없었다.

그런 와중에 누군가 주장했다.

"좀비 사태로 무너진 인류 사회를 재건하는 데 좀비를 이용합시다!"

무슨 말인가 싶었던 그 의견은 내막이 드러남과 동시에 큰 파장을 일으켰다. 그가 최초로 제안한 아이디어는 '좀비 러닝'이었다. 러닝머신형 전력 생산 기구 위에 좀비를 올려 끊임없이 걷게 하자는 거였다. 말하자면, '좀비력 발전소'를 만들자는 이야기.

그 아이디어는 진지하게 검토될 수밖에 없었다. 세상이 무너진 이후 생긴 가장 큰 문제가 바로 전력 공급이었기 때문이다. 2030년 세계 원전 합의로 전 세계의 모든 원전은 자연재해에 대비해 자가 폐쇄 기능이 장착된 상태였고, 좀비 사태 때 모든 기능이 정지되었다. 원자력 발전이 사라진 지금, 세계 재건을 위한 에너지 조달은 답이 없는 상태였다. 그런데 전력 생산에 좀비를 이용하자니?

"어차피 좀비는 지금도 의미 없이 걷고 있습니다. 그렇게 낭비되는 에너지를 발전에 이용하자는 게 무슨 문제입니까? 좀비 관리 매뉴얼에 따르면 최소 영양분만 공급해 주면 좀비는 영원히 지치지도 죽지도 않고 활동합니다. 24시간 가동되는 발전소가 될 수 있다는 말입니다. 툭 까놓고, 지금 각국에서 좀비를 수거해서 관리하지 않는 이유가 뭡니까? 여력이 없으니 시간만 끌다가 모두 죽게 내버려 둘 생각 아닙니까? 눈 가리고 아웅 식으로 말입니다. 하지만 그 좀비에게도 이용 가치가 있다면, 오히려 역으로 그들을 구하게 될 겁니다."

그의 주장은 설득력이 있었다. 사회 재건보다 좀비를 최우선으로 구해야 한다는 인권론자들도 일부 수긍할 정도였다. 실행은 공산권 국가들이 가장 빨랐고, 당장 좀비력 발전을 시작했다. 이를 지켜본 다른 국가들도 가만히 있을 순 없었다. 결국 인권 문제를 차치하고, 전 세계의 국가들이 좀비력 발전소를 건설하기 시작했다.

좀비력 발전소는 순식간에 건설할 수 있었는데, 전기 생산 구조가 무척이나 단순했기 때문이다. 게다가 불순물 하나 남지 않아 그 어떤 발전소보다 친환경적이기까지 했다. 빠르게 효과를 보기 시작하자, 각 국가는 적극적으로 좀비 회수에 나섰다. 좀비가 곧 경쟁력이었다. 그렇게 거리에 쌓여있던 좀비들은 순식간에 사라졌다.

좀비력 발전소의 모습은 장관이었다. 수많은 좀비가 닭장 같은 케이지 안에 빽빽이 들어차 끝없이 한 방향으로 걸었다. 천장이 낮은 케이지는 수십 층이 쌓여있었다. 좀비의 몸에는 영양소를 직접 주입하는 관이 연결되어 있었다. 직접 주입은 소화나 배변 활동 등의 잉여 행위가 필요하지 않았기에 24시간 내내 오로지 걸을 수 있었다. 누군가는 좀비력 발전소를 '무한 동력'이라고 부를 정도였다.

그 힘을 토대로 인류는 빠르게 사회를 재건했다. 그렇게 점점 여유가 생기자 좀비에 대한 연구도 다방면으로 이루어졌다. 다만, 수많은 인권 단체들이 바라는 '좀비 인간화' 연구보다 '좀비 공산품화' 연구가 더 규모 있게 지원되고 있는 게 현실이었다. 좀비력 발전은 좀비라는 존재를 하나의 자원으로 인식하게 만들었다. 이 훌륭한 자원을 단순 전력 발전에만 쓸 것인가. 이로써 각종 좀비 아이디어가 세상에 나오기 시작했다. 좀비만 들을 수 있는 유도 신호음의 발명이 신호탄이었는데, 그것으로 좀비의 움직임을 조종할 수 있게 되자 수많은 쓸모가 생겨났다.

인권 단체들은 좀비 이용을 반대했지만, 애초에 좀비력 발전을 막지 않은 이상 명분이 없었다. 국가 차원에서도 경제 활성화를 위해서 좀비에 대한 연민을 쉬쉬하는 분위기를 형성했다. 각종 미디어는 어느새 좀비를 인간이 아닌 자원의 시각으로 비추고 있었다. 한번 체계가 잡히자 좀비 자원화는 부지불식간에 본격화되었고, 좀비가 곧 국가 경쟁력이 되었다. 상대적으로 추운 나라에 상태가 좋은 좀비가 많았는데, A급 좀비를 수출하는 것만으로도 큰돈이 벌릴 정도였다.

이런 세상에서 좀비 공산품화 사업을 가장 먼저, 그리고 가장 크게 성장시킨 사람이 바로 최초의 '좀비 러닝' 아이디어를 낸 두석규였다. 놀랍게도 그는 이 세상을 구한 영웅, 남극 바이러스 연구소 출신의 과학자였고, 그 명성을 토대로 사업을 확장할 수 있었다. 얼마 지나지 않아 두석규의 좀비 기업은 세계 굴지의 대기업이 되어있었다.

*

천재 공 박사의 사망 이후 가장 유명한 과학자이자 사업가가 된 두석규. 그의 아들 재준은 어릴 때부터 좀비를 보며 자랐다. 그의 집 마당에서는 항상 좀비가 걷고 있었는데, 한번은 어린 재준이 아버지에게 물었다.

"아빠! 저 아저씨는 뭐야?"

그러면 아버지는 그의 말을 정정해 주었다.

"저건 아저씨가 아니라 좀비란다."

"좀비?"

"그래. 아저씨는 아빠 친구들이 아저씨고, 저건 그냥 마당 관리용으로 설계된 좀비란다. 저기 발뒤축에 보면 칼날이 보이지? 마당 좀비가 걷기만 해도 잔디가 저절로 깎이는 거지. 또한 마당에 짐승이 들어오는 것도 막아주는, 아주 편리한 좀비란다."

"편리한 좀비?"

"그래. 사방을 꼼꼼하게 돌아다니는 게 신기하지? 그건 마당 가장자리에 있는 장치들이 방향을 유도하기 때문이란다. 좀비만들을 수 있는 주파수의 소리를 한 번씩 내는 것으로 방향을 바꾸는 건데….”

자세한 설명은 귀에 들어오지 않았지만, 재준은 그게 아버지의 자부심이란 것은 알 수 있었다. 그러나 이상했다. 제 눈에는 아버지 친구와 똑같아 보이는데 왜 좀비라는 걸까? 가끔 술에 취해 귀가하는 아버지의 모습과 마당 좀비의 모습이 뭐가 다른 건지, 재준은 구별할 수가 없었다.

재준은 집 밖으로 돌아다닐 수 있는 나이가 되면서부터 좀비의 개념을 점점 알게 되었다. 좀비는 인간을 닮았지만, 인간이 아닌 존재였다. 도시에는 좀비 전용 도로 위 수많은 배달 좀비가 장바구니를 메고 가게와 집을 오가고 있었다. 논밭에는 허수아비 좀비가 걸어 다니며 참새를 쫓고 있었고, 건설 현장에서도 좀비들이 벽돌을 나르고 있었다. 가정, 학교, 회사, 써먹을 수 있는 모든 곳에 좀비가 이용되고 있었다. 나중에 더 컸을 때는 음지에서 좀비를 이용한 매춘 행위도 일어난다는 걸 알게 됐다. 다만, 좀비를 이용한 매춘만은 모든 정부가 철저하게 단속했다. 매춘이라는 건 좀비를 인간으로 대하는 행위였고, 그런 인식은 좀비를 공산품화하는 데 부정적으로 작용하기 때문이었다. 사람들이 인식하는 좀비의 이미지는 같은 인간이 아닌 로봇이어야 했다. 그래야만 정부가 좀비력 발전소를 정당화할 수 있었다.

재준은 학교에 다니기 시작하면서 그런 점을 더 크게 느꼈다. 학교에서 복도를 닦거나 잔디를 깎는 일을 하는 좀비의 움직임은 무척 비효율적이었다. 좀비 사용이 유행하기 때문에 쓴다는 느낌이었는데, 어쩌면 교육 현장에서부터 좀비가 도구에 불과하다는 인식을 가르치기 위함인 듯했다.

재준은 교육과정에는 없는 좀비의 역사를 공부하면서 부조리함을 느꼈다. 그런 마음은 나이를 먹을수록 점점 강해졌다. 이 세상은 잘못되었다. 같은 인간인 좀비를 이렇게 이용해서는 안 된다. 대학에서 해부나 의학 실습용으로 좀비를 쓴다는 것 자체가 인간과 좀비가 똑같다는 증거 아닌가.

재준은 대학교에서 비밀리에 동아리 활동을 시작했다. '좀비 해방전선'이라는 이름의 좀비 운동권 동아리였다. 그의 아버지가 좀비 공산품화의 최전선에 서있는 걸 감안하면, 무척이나 이례적인 행보였다. 그러나 사실상 할 수 있는 활동은 미미했다. 좀비를 다시 인간으로 치료하는 연구는 전 세계적으로 사장하는 추세였고, 좀비를 위한 인권 운동도 환영받지 못하는 현실이었다. 재준은 그게 답답하고 화가 났다. 왜 세상은 이 당연한 불의를 모른 척하는 건가. 결국 그는 과학자였던 꿈을 버리고 좀비 인권 운동에 몸을 던졌다.

재준이 대학 밖에서 만난 좀비 공산품화 저항 세력은 무척 볼품없었다. 그들은 좀비력 발전을 절대 악으로 정의하며 맞섰는데, 주요 캠페인으로 '전기 사용 최소화 운동'을 펼쳤다. 현대사회에서 전기를 사용하지 않는다는 건 무척 힘든 일이다. 그래서 그들의 군집은 원시적이었고, 그 옛날 히피 문화를 방불케 했다. 그런데도 그들이 저항을 멈추지 않은 이유는 그들 대부분이 '가족 좀비'를 부양하고 있었기 때문이다. 사실, 좀비 공산품화 저항 운동은 대부분 사랑하는 가족을 다시 인간으로 되돌리기 위한 것이었다. 그러니 아무리 세상이 좀비를 공산품 취급해도 그들은 포기할 수 없었다. 물론, 가끔 지쳐서 포기하는 경우도 있었지만.

"어떤 양반들은 그냥 제사를 치른 다음에 가족 좀비를 팔아넘긴다더군요. 어차피 이미 죽은 사람이라, 저건 그냥 시체일 뿐이라고 말입니다. 솔직히 이해는 합니다. 얼마나 힘든지 아니까…. 우린 차마 그럴 수 없는 자들입니다."

재준은 그들과 어울리며 좀비를 구해야겠다는 의지가 더욱 강해졌다. 가족 좀비를 애달프게 보살피는 그들의 모습은, 역시 좀비는 인간이라는 신념을 굳건하게 했다. 재준은 세상 어디보다 더 편한 저택을 버리고 전기 없는 그곳에서 그들과 생활을 함께했다. 그는 저항 세력의 아이콘이었다. '좀비 공산품화의 선두주자인 두석규의 아들!' 그 타이틀만으로도 그의 목소리에는 힘이 실렸다. 이미 재준은 아버지와 연락을 두절한 지 오래였다.

그런 그에게 남극 바이러스 연구소 비운의 천재였던 공 박사의 후배가 접근해 왔다.

"자네 아버지도 뛰어난 과학자였지만 언제나 이인자였지. 공 박사님의 숨겨진 연구 성과를 자네 아버지가 대부분 가져갔단 사실을 아나?"

"아니 그런…!"

"자네 아버지는 아직도 현역으로 연구를 계속한다지? 자네 아버지의 인터뷰를 보았네. 좀비가 도구를 사용할 수 있을 정도까지 발전시키는 게 목표라던데, 연구도 이미 꽤 진척됐다고 말이야? 자네 아버지는 정말 대단하군."

재준은 그 반어법의 칭찬이 부끄러워 얼굴을 붉혔다. 아버지의 성과는 전혀 자랑스럽지 않았다. 아버지가 어떤 연구를 하든 장사꾼에 불과했다. 재준의 표정을 읽은 것인지, 남자는 은밀히 말했다.

"자네 아버지의 연구실에는 그 어느 곳보다 좀비에 대한 연구 자료가 많을 거야. 자네가 혹시 그 자료를 빼돌려줄 수 있겠나?"

"예?"

"우린 좀비를 다시 인간으로 만드는 것을 포기하지 않았네. 여전히 남극의 멤버들은 좀비의 인간화를 위해 노력하고 있어. 거기에 자네 아버지의 연구 자료가 더해진다면, 분명 유의미한 성과를 거둘 수 있을 것이네. 공 박사님의 연구 성과를 가져간 자네 아버지의 자료라면 더욱이."

재준은 심각해졌다. 아버지의 자료를 내가 빼돌린다…. 그래도 될까?

남자는 고민하는 재준의 두 손을 붙잡고 진지하게 부탁했다.

"그 일을 할 수 있는 사람이 자네밖에 없네. 좀비력 발전소의 그 지옥 같은 풍경을 보았나? 닭장에 빼곡히 들어찬 그들 모두는 원래 인간이네! 부디 그들을 위해 우릴 도와주게나, 더는 인간이 인간을 노예처럼 부리지 않도록. 부탁하네! 자네만이 우리의 유일한 희망이고, 영웅일세!"

결의를 굳힌 재준은 남자의 손을 맞잡으며 고개를 끄덕였다.

"물론입니다. 제가 할 수 있는 일이라면 반드시 그렇게 해야지요."

"아아. 고맙네! 정말 고맙네!"

재준은 대의를 위해서라도 아버지를 배신하기로 했다. 그게 옳으니까.

*

정말 오랜만에 저택으로 돌아온 재준은 아버지의 비밀 연구실을 기웃거렸다. 사업으로 바쁜 아버지가 집을 비우는 시간이 많았기에 작업은 수월했다. 며칠간의 탐색으로 공략 방법을 알아낸 재준은 모두가 잠든 새벽, 비밀 연구실에 잠입했다.

연구실 메인 컴퓨터로 향한 재준은 가장 강력한 보안으로 숨겨진 폴더를 해제했다. 파일을 복사함과 동시에 자료를 살펴보던 재준의 눈이 점점 커졌다.

"세상에⋯!"

아버지의 연구는 그의 상상 이상이었다. 좀비에 대해서 이렇게나 많은 걸 알아냈단 말인가? 이윽고 가장 중요한 폴더를 확인한 재준은 경악할 수밖에 없었다.

"좀비를 인간으로 되돌릴 수 있다고?"

"대략 80퍼센트 수준으로 가능하지."

"헉!"

좀비력 발전

화들짝 놀란 재준이 돌아본 그곳에서, 아버지가 그를 차가운 눈으로 바라보고 있었다. 재준은 얼른 컴퓨터에서 핸드폰을 빼 들고 일어났다. 아버지는 그 핸드폰을 가리키며 말했다.

"그 파일을 어디로 보낼 생각이냐?"

재준은 곧 침착함을 찾고 되물었다.

"좀비를 인간으로 되돌릴 수 있는 게 정말입니까? 그리고 그걸 알면서도 공개하지 않은 게 사실입니까?"

"그렇다면?"

태연한 아버지의 대답에 재준의 얼굴이 일그러졌다.

"어떻게 그럴 수가! 어떻게 그럴 수가 있습니까? 아버지!"

"이제 와 좀비를 인간으로 되돌려 무엇 하겠느냐? 이미 너무 늦었다."

"뭐라고요?"

눈을 치켜뜨는 재준을 향해 아버지가 말했다.

"네가 밖에서 어떤 활동을 하는지 다 알고 있다. 그들은 아마, 일부러 네게 접근했을 거다. 이 두석규의 아들이니까. 어린 넌 영웅 심리에 빠져 이런 일까지 저질렀을 테고."

"그게 무슨!"

"어쩌면 그들은 최후의 수단으로 널 인질 삼아 내게 협박을 가할지도 모르겠구나."

"그럴 리가 없어요! 그들은 정말 순수한 사람들입니다!"

"순수? 야만인이다, 그들은. 넌 지금 네가 무슨 일을 저지르려고 하는지를 직시해야만 해."

"제가 무슨 짓을 저지르는데요?"

발끈하는 재준을 보며, 아버지는 진심으로 안타까워했다.

"고작 그런 자들에게 넘어가 이 세상을 대혼란에 빠트릴 생각이냐? 내 자료를 그들에게 넘기겠다고? 인제 와서 좀비들을 모두 인간으로 바꾼다고? 전 세계의 좀비력 발전소가 모두 문을 닫게 만들겠다고? 모든 좀비 산업을 무너뜨려 수백만의 실직자를 만들겠다고? 진심이냐?"

"그렇다면요?"

"어리석구나. 이 세상에 지옥이 펼쳐질 거다."

"아니요, 옳은 세상이 될 겁니다."

"그럼 이건 어떠냐? 수많은 나라가 좀비를 수출했다. 전 세계에 수많은 사람이 거금을 주고 좀비를 구매했다. 그들이 산 좀비는 어떻게 되지? 사유재산인 그것들은? 아, 그래. 네가 좀비들을 인간으로 되돌리면 어떤 일이 일어날지 뻔히 보이는구나. 잘 생각해 봐라. 이 세상에서 자기 재산을 순순히 포기하는 인간이 얼마나 될까?"

"아니, 사람이 사람을 어떻게 재산 취급한단 말입니까!"

"그럴까? 사람이 사람을 생각했으면 애초에 좀비력 발전소 같은 게 만들어졌겠느냐? 그들은 아마 인간이 된 좀비들을 사유재산이라며 노예처럼 부릴 것이다."

"설마 그럴 리가!"

"오히려 그들은 더 좋아할걸? 멍청하게 걷기만 하던 좀비가 아니라 시키는 일을 더 잘할 노예가 생겼으니까!"

"그런….

아버지는 한숨을 내쉬며 진심을 담아 말했다.

"재준아. 이 아버지가 왜 좀비를 다시 인간으로 되돌리지 않는지 아느냐? 그런 끔찍한 일이 벌어지는 걸 막기 위해서다. 인간이 인간을 노예로 부리는 그 끔찍한 세상을 말이다."

아버지의 슬픈 표정에 재준은 망설였다. 아버지는 천천히 접근했고, 그에게 손을 내밀었다. 심각한 얼굴로 고민하던 재준은 손에 든 핸드폰을 아버지에게로 천천히 옮겼다. 그러나 직전에 멈칫하며 물었다.

"정말 그런 생각 때문에 이 연구 자료를 공개하지 않은 겁니까?"

"그렇단다. 어차피 좀비는 한정 자원이다. 시간이 모든 걸 해결해 줄 거다. 그때 역사에 전 인류가 악인으로 남는 것보단 나 혼자 악인으로 남고 싶구나."

재준은 아버지의 단호한 얼굴을 가만히 바라보다 물었다.

"만약 그게 아니라면요? 아버지의 목적이 단순히 돈을 더 버는 것이라면요?"

"무슨 말이냐 그게. 난 그저…!"

"근데 왜 제가 본 아버지의 연구 자료에는 인간화가 단계별로 나뉘어 있는 거죠? 그 폴더들을 분류한 이유가 뭡니까? 이미 개발은 끝냈지만, 조금씩 시장에 풀면서 이윤을 극대화하기 위함이 아닙니까?"

"그건….

"아버지가 인터뷰에서 그랬죠. 다음 목표는 도구를 사용할 줄 아는 좀비라고. 그다음, 그다음, 그다음 목표가 그 폴더들입니까?"

아무 말도 못 하는 아버지를 보며, 재준은 핸드폰의 전송 버튼을 눌러버렸다. 아버지의 두 눈이 휘둥그레졌다.

"너! 너 지금!"

재준은 확신에 찬 얼굴로 말했다.

"아버지와 달리 저는 인간을 믿어요. 인간은 절대 같은 인간을 노예로 부리지 않습니다. 그런 지옥은 펼쳐지지 않을 것입니다."

두석규는 재준의 손에 들린 핸드폰을 허탈하게 바라보다가 아들을 올려다보았다. 그는 아들의 단호한 눈빛을 한동안 마주하다가 고개를 끄덕였다.

"그게 네 신념이냐? 그래, 그렇구나. 내 아들은 나보다 더 나은 인간이구나."

"아버지….'

고개를 끄덕인 두석규는 뒤돌아 연구실을 걸어 나갔다. 문을 나서기 직전, 그는 아들을 돌아보며 말했다.

"넌 좀비 사태 이후에 태어난 신세계의 아이다. 너는 좀비 사태 이전의 구세계를 본 적이 없지. 난 보았다. 인간이 같은 인간을 절대 노예로 부리지 않을 거라고? 인간을 믿는다고? 넌 몰라. 인간이 인간을 어떻게 대했는지….'

힘없이 고개를 흔든 아버지가 재준의 시야에서 사라졌다. 남겨진 재준은 갈 길 잃은 좀비처럼 오랜 시간을 멈춰 서 있었다.

좀비력 발전

칼 박사와 빅토리아 호 사건

인류가 드디어 우주로 첫발을 내딛게 되었다. 우주에서 인류보다 못한 문명을 맞닥뜨리면 어떻게 해야 하는가? 그 답은 과거에 이미 배웠다. 21세기 역사적 사건인 '칼 박사와 빅토리아 호'는 교과서에 실릴 만큼, 외계를 마주할 인류의 태도에 큰 영향을 주었다.

그날, 빅토리아 호에 띄워진 배 위에서 휴가를 즐기던 칼 박사는 우주선의 출현을 목격하게 되었다. 깜짝 놀란 박사는 망원경으로 우주선을 관측하려 했고, 그 과정에서 호수에 빠지는 실수를 범했다. 칼 박사가 물속에서 허우적대던 순간, 그 유명한 사건이 일어났다. 칼 박사의 머리 위에 있던 우주선이 칼 박사를 구하기 위해서 빅토리아 호의 모든 물을 증발시켜버린 것이다. 칼 박사는 수영할 줄 알았는데 말이다.

그렇게 칼 박사를 구해준 뒤('구했다'는 표현은 칼 박사의 강력한 주장이었고, 차후 사건 해석에도 큰 영향을 주었다) 유유히 떠나간 우주선은 인류가 처음이자 마지막으로 조우한 외계 문명이었다. 이 사건이 인류에게 끼친 영향은 엄청났는데, 가장 두드러진 영향은 인류가 우주 진출을 꿈꾸게 했다는 점이었다. 과거 달에 발자국을 찍을 때까지만 해도 우주여행은 강대국들이 기술력을 과시하기 위한 수단에 가까웠다. 하지만 우주 진출은 단순 여행과는 달랐다. 외계의 실체를 목격한 이상, 인류는 힘을 합쳐 나아가야만 했다. 개척은 인류의 본능이니까.

이윽고 오늘, 인류는 외계의 작은 문명을 처음으로 발견하게 되었다. 인류는 그들에게 침략자가 아니었다. 칼 박사와 빅토리아 호의 선의를 기억한 인류는 선의로 접근했다. 첫 발견자의 이름을 따 '콴지'라 이름 붙인 그 별의 문명 수준은 지구의 19세기 정도였다. 인류는 그들에게 도움이 되고 싶었다.

"도시의 북쪽에 있는 커다란 화산이 50년 안에 폭발할 겁니다. 우리 기술로 막을 수 있습니다. 우리 인류가 콴지에 전하는 큰 선물이 될 겁니다."

인류는 소란스럽게 화산의 중심을 소거시킨 뒤, 미련 없이 행성을 떠났다. 그들 문명을 약탈했다면 얻을 게 있었을지도 모르겠지만, 침략은 인류의 목적이 아니었다. 우주의 지도를 그려나가는 것이 더 중요했다. 이곳은 너무 가까운 곳이었고, 가야 할 먼 길이 남아있었다.

그렇게 항해를 계속한 인류는 드디어 대화가 가능한 고등 종

칼 박사와 빅토리아 호 사건

족들과도 조우하게 되었다. 그때마다 인류는 '칼 박사와 빅토리아 호' 사건을 이야기하며 우주를 향한 인류의 동경을 드러냈다. 한데, 그때마다 돌아오는 대답은 인류를 실망하게 만들었다.

"당연히 그건 생태 샘플 채취잖아. 어느 행성의 생태 샘플을 채취할 때 가장 좋은 게 물이거든. 웬만한 생명체는 물에서부터 진화하니까."

"호수의 물을 다 증발시켜버렸단 말이지? 내 생각엔 그거 우주선 연료 주입한 것 같은데? 우주에는 물을 에너지원으로 하는 기술이 많아!"

"호수가 도시보다도 더 크다고 했나? 호수를 도시로 착각하고 공격한 거다. 수중 문명 출신이었겠지. 그들은 호수에 사는 문명을 한 방에 멸망시켰다고 희희낙락했을 거다. 왜냐고? 재미있으니까!"

인류는 우울해졌다. 인류를 우주로 발돋움하게 한 역사적 사건이 고작 그런 이유에서 발생했다니? 항해의 끝을 찍고 지구로 되돌아오는 길, 누군가는 그런 이야기도 꺼냈다.

"이대로 갈 순 없습니다! 좀 돌아가더라도 콴지 별에 들러서 자원 조사를 하고 갑시다. 인류에게 필요할 만한 것들을 찾아보자는 말입니다. 우리가 지구에 가져갈 좋은 소식이 몇 개는 있어야 하지 않겠습니까?"

그 의견에 어떠한 결정도 내리지 않고 돌아가는 길, 인류는 한 우주선과 조우했다. 그것은 인류가 절대 지나칠 수 없는 형태의 우주선이었다. 칼 박사가 남긴 기록과 거의 비슷한 양식이었기 때문이다. 그것은 빅토리아 호에 나타난 그 우주선이 확실했다.

그 문명과 접촉한 인류는 다급히 질문했고, 드디어 대답을 듣게 되었다.

"당연히 그의 목숨을 구하기 위함이었겠지요. 그것 말고 다른 이유가 있겠습니까?"

그 대답으로 충분했다. 인류의 첫 우주 항해는 성공적이라 역사에 적혔다. 훗날 인류가 찬란한 우주 문명의 한 일원으로 영향력 있는 자리를 차지할 수 있었던 원동력이 된 그날의 기록이.

추억과 현실

　"돈 들어갈 데가 태산인데 무슨 게임기를 사! 말도 안 되는 소리 좀 하지 마!"

　오늘도 아내의 잔소리를 들으며, 김남우는 삶에 회의를 느꼈다. 월급 관리를 아내에게 맡긴 게 실수였나? 애초에 첫사랑인 아내와 결혼한 게 실수였나? 사회초년생 때 연상에 대한 로망을 품었던 게 실수였나? 뭐가 실수인지는 몰라도, 김남우는 현재 너무나도 불행했다. 집에서 그는 그저 돈 벌어 오는 기계였고, 아내는 반대편이라 느껴졌다. 그가 하는 건 온갖 안 될 이유가 붙었고, 아내가 하는 건 온갖 정당한 이유가 붙었다.

　그렇다고 불만을 표하고 반항하기에는 아내에게 너무 길들어 있었다. 한 번도 하지 못했던 큰소리는 속으로 쌓일 뿐 입 밖으로 나오질 않았다. 이번 생은 포기하자며 자포자기의 심정으로 하루하루를 살 수밖에 없었다. 단 하루의 미래도 기대되지 않는 인생, 그게 김남우의 현재였다. 그래서였을까. 말도 안 되는 소리를 믿고 이곳까지 찾아오게 된 것이다.

"여기가 그 알약을 파는 곳입니까…?"

"그렇습니다. 평행 세계의 또 다른 지구, 그곳에 존재하는 자신과 몸을 바꿀 수 있는 알약입니다."

"아!"

김남우는 간절했다. 흔한 망상 소재처럼 새로운 인생을 시작하고 싶었다. 가게 주인은 알약이 든 고급스러운 케이스를 꺼내며 설명했다.

"이 알약을 먹으면 무조건 24시간 동안 잠이 듭니다. 그 사이에 서로의 세상을 바꾸는 겁니다."

"정말입니까? 그렇게 간단히….""

"간단하지 않습니다. 성공 확률이 낮습니다. 왜냐하면, 혼자만 이 알약을 먹는다고 교환이 이루어지는 게 아니기 때문입니다."

"네?"

"고객님이 알약을 먹고 잠든 그 24시간 동안 평행 세계의 고객님, 그분도 똑같이 알약을 먹어야만 교환이 이루어집니다. 말하자면 서로가 교환을 원하고, 먹는 타이밍까지 맞아야만 교환이 이루어지는 것이죠. 엄청난 운이 필요한 일입니다."

김남우의 표정이 어두워졌다. 그건 확률이 너무 낮지 않은가.

"그럼 만약 저 혼자만 알약을 먹으면, 아무 일도 일어나지 않는 겁니까?"

"24시간 푹 자고 일어나시는 거죠."

추억과 현실

농담조로 대답한 주인은 웃음을 거두고 덧붙여 말했다.

"그래도 원하신다면, 정말 이 세계를 벗어나고 싶으시다면, 시도해 볼 수밖에 없지 않겠습니까?"

"으음…. 혹시 가격이 어떻게…?"

"한 알에 100만 원입니다."

"뭐라고요?"

김남우의 표정이 구겨졌다. 아무 일도 일어나지 않을 수 있는데, 알약 하나에 100만 원이라고?

"아니, 말도 안 되는 가격 아닙니까?"

"그럴 수밖에 없습니다. 고객님, 잘 생각해 보시죠. 이 알약이 싸구려라면 누구나 쉽게 구할 수 있습니다. 그게 과연 좋을까요? 누구나 다 살 수 있는데?"

"무슨 말이죠…?"

"고객님이 다른 지구로 가면, 그 지구의 고객님으로 살아야 하는 겁니다. 그럼 최소한 그 사람이 어느 정도 경제력을 갖춘 사람이어야 하지 않겠습니까?"

"아!"

"100만 원짜리 알약을 쉽게 살 수 있는 사람, 그런 사람이라는 보장 정도는 있어야죠. 지금 고객님은 현재가 괴로워서 바꾸고 싶어 하는데, 바꾼 세상이 그보다 더 괴로울 수도 있는 겁니다. 그러니까 이 100만 원이라는 가격은 최소한의 안전장치인 셈입니다."

김남우는 설득됐다. 100만 원이라는 가격은 어느 정도의 경제

력을 갖추었다는 방증이다.

게다가 주인은 은근히 부추겼다.

"어쩌면, 저쪽 지구의 고객님은 재력이 어마어마해서 알약을 수십 개씩 사놓고 먹을는지도 모릅니다."

"으음…."

장삿속이 훤히 보이는 말이었지만, 김남우는 흔들렸다. 그 정도로 그는 현재의 삶에 불만이 많았다.

"한 알만… 사겠습니다."

"감사합니다. 아. 참고로 할부 같은 건 안 됩니다. 마지막 약값까지 상대에게 일임하는 건 좀 불공평하니까요."

"아…. 네."

김남우는 미심쩍은 마음으로 100만 원을 결제했다. 영수증 구매 품목에는 '고급 소품 케이스'라고 표기되었다. 과연 잘한 짓인가 싶어 머뭇거리는 김남우에게 주인은 말했다.

"한 가지 팁을 드리자면, 주말에 드시길 추천합니다. 아까도 말했다시피 100만 원짜리를 구매할 수 있는 사람이라면 최소한 직장인이지 않겠습니까? 평일에는 못 먹겠죠. 다들 비슷한 생각을 할 테니, 주말에 먹는 게 그나마 확률이 높을 겁니다."

"네."

집으로 돌아오는 길, 김남우는 살짝 후회했다.

이게 사기라면, 나는 정말 멍청한 사람이다. 게다가 아내 몰래 끍은 100만 원을 들키기라도 한다면…? 눈앞이 깜깜하다. 그래도 기대가 되는 건 사실이었다. 로또를 사놓고 토요일을 기다리던 느낌과 비슷하지만, 그보다 훨씬 더 큰 두근거림이었다. 아내가 없는 세상에서 새 인생을 살 수만 있다면!

드디어 주말이 되었다. 김남우는 여관방을 이틀 치 빌려 들어갔다. 김남우는 침대에 누워 크게 심호흡했다. 24시간 잠든다는 것만은 사실이기를 바랐다. 그러면 적어도 사기당한 호구는 아닐 테니까.

김남우는 케이스에서 알약을 꺼내 삼켰다.

"…뭐야."

아무런 변화가 없어서 실망하던 찰나, 혼절하듯 김남우의 눈이 감겼다.

*

"어?"

"어어?"

아무것도 없는 새하얀 방, 똑같이 생긴 두 남자는 서로를 보며 놀랐다. 김남우는 방 안에 있던 자신을 보고 흥분해서 물었다.

"진짜였단 말입니까? 당신도 그 약을 먹었습니까?"

"맞습니다. 당신도?"

"세상에! 사실이었구나!"

두 사람은 한참 동안 서로를 신기하게 쳐다보았다. 김남우2가 김남우에게 말했다.

"당신이 나타나기 전에 당신 등 뒤에 문이 먼저 생겼습니다. 그곳에서 당신이 튕겨 나왔는데, 보아하니 저도 여기 있는 문에서 나온 것 같습니다. 아마 그게 각자의 지구로 향하는 통로가 아닐지."

"아…. 그럼 저는 저 문으로, 당신은 이 문으로 가면 되는 거군요?"

고개를 끄덕인 김남우2는 손을 들어 열쇠를 보여주었다.

"이 열쇠를 교환하면 되겠지요, 아마."

"어? 이게 언제?"

김남우는 자신의 손에 쥐인 열쇠를 보고 놀랐다. 김남우2가 열쇠를 흔들며 말했다.

"저도 이곳에 와 보니까 손에 열쇠가 들려 있더군요."

"그렇군요."

대략 상황을 파악한 두 사람은 어정쩡하게 서서 서로를 살폈다. 김남우는 가게 주인에게서 들었던 말이 마음에 걸렸다.

'현재가 괴로워서 바꾸고 싶어 하는데, 바꾼 세상이 그보다 더 괴로울 수도 있는 겁니다.'

김남우는 조심스럽게 물었다.

"저어…. 혹시 결혼하셨습니까?"

상대도 설마, 아내라는 불행에 잡혀 사는 걸까? 김남우는 그게 걱정이었다. 김남우2가 애매한 얼굴로 대답하려는 순간, 하얀 방에 작은 진동이 일어났다.

"어?"

주변을 둘러보던 두 사람은 한쪽 벽에서 새로운 문이 나타나는 걸 보고 눈이 휘둥그레졌다.

'쾅!'

문은 한 남자를 뱉어낸 뒤 잠겼고, 그 남자는 어김없이 김남우와 똑같은 생김새였다.

김남우3은 두 김남우를 향해 물었다.

"알약 드셨습니까?"

"아…."

세 명의 김남우는 바로 알아차릴 수 있었다.

"평행 세계의 지구는 무수히 많고, 그중 세 지구의 김남우가 같은 날 알약을 먹은 것이군요. 이런 우연이….."

놀라운 이야기이지만, 곤란한 이야기이기도 했다. 단둘이라면 단순하게 맞바꾸면 되지만, 셋이라면 이야기가 달랐다. 이왕이면 더 나은 세계의 나로 바꾸는 게 좋지 않은가?

"음."

"음."

"음."

성격은 비슷한지 셋은 서로의 눈치만 살폈다. 그 순간, 김남우의 눈에 김남우3의 옷차림이 들어왔다. 저건 초고가 명품이 아닌가? 그러고 보니 시계마저도 명품이다. 저 사람의 인생이 부유하단 말인가? 김남우는 이 순간마저 망설일 순 없다고 생각했다. 곧바로 김남우3에게 제안했다.

"아무튼, 약을 드셨다는 건 인생을 바꾸겠다고 결심했다는 것일 텐데. 저랑 바꾸시는 게 어떻겠습니까?"

"예?"

그 순간, 김남우2가 끼어들었다.

"당신은 몹시 부자인 듯하군요. 그 명품들을 보면 말입니다."

김남우3은 자신의 명품 시계를 바라본 뒤 말했다.

"아아. 그렇군요. 아마 저와 다른 직업을 가지신 듯하군요, 두 분은."

두 김남우는 조금 겸연쩍었지만 부정하지 않았다. 김남우3은 두 사람에게 물었다.

"그럼, 제게 선택권이 있다고 봐도 되겠습니까? 두 분 중 한 분을 골라서 바꿀 수 있는 선택권 말입니다."

"으음."

"그렇다면 제가 선택한다고 치고, 두 분께 묻겠습니다. 어떤 이유로 알약을 드신 겁니까?"

김남우는 그 질문에 솔직하게 대답하기 힘들었다. 아내 얘기를 했다가는 누구도 바꾸려 하지 않을 테니, 거짓으로 대답했다.

"별다른 이유가 있다기보다, 그냥 새로운 경험을 하고 싶어서 먹었습니다."

그러나 김남우3은 곧바로 말했다.

"아시다시피, 저도 당신들도 모두 김남우입니다. 거짓말할 때 나오는 버릇 같은 건 당연히 알고 있겠지요?"

"아…."

"어차피 우리 사이에 거짓말은 안 통합니다. 모두 솔직하게 고백합시다. 무엇 때문에 세상을 교환하고 싶은 것인지."

두 김남우가 대답하지 못하고 우물쭈물하는 사이 김남우3이 말했다.

"제가 먼저 말하겠습니다. 제가 바꾸고자 한 이유는…. 후회하기 때문입니다. 첫사랑 홍혜화와 헤어진 사실을 말입니다."

"뭐?"

김남우는 깜짝 놀랐다. 홍혜화라니? 내 아내 홍혜화를 말하는 것인가? 내가 세상을 바꾸고 싶은 이유인 그 홍혜화?

김남우3은 미련 가득한 얼굴로 말했다.

"저는 독신으로 살면서 늘 생각했습니다. 내 인생에 결혼할 기회가 있었다면, 첫사랑이던 홍혜화 그녀밖에 없었다고 말입니다. 나이가 들고 외로워질수록 그녀가 떠올랐습니다. 그녀와 결혼했다면 어땠을까. 지금처럼 외롭게 살진 않았겠지. 행복한 가정을 이루었겠지."

"그런…."

"평생 후회했습니다. 제가 사는 이 세상에서 그녀는 이미 다른 남자의 아내입니다. 하지만, 평행 우주의 다른 지구 중 하나에는 그녀와 내가 이어진 세계도 있지 않을까? 오직 그 생각으로 알약을 먹은 겁니다."

김남우3은 대답을 갈구하는 얼굴로 둘을 바라보았다.

김남우는 당장 "내가 그 홍혜화와 결혼한 사이"라고 말하려 했다. 그게 자신이 이 세상을 바꾸고 싶은 이유라는 걸 제외하고 말이다.

그때, 김남우2가 작게 한숨을 내쉬며 말했다.

"남자는 죽을 때까지 첫사랑을 잊지 못한다는 말이 있죠. 그 말이 맞는 것 같습니다. 솔직히 말하자면, 제가 세상을 교환하고 싶은 이유도 그것입니다. 제 첫사랑, 홍혜화와 이어진 세계로 가고 싶어서 말입니다."

"엥?"

김남우는 이번에도 믿을 수 없다는 얼굴로 돌아보았다. 김남우2는 아련한 얼굴로 말했다.

"혜화와 헤어지고 지금의 아내와 결혼해서 가정을 이루었지만…. 솔직히 말해서 행복하지 않습니다. 지금의 아내가 좋은 사람이긴 하지만, 사랑은 아닙니다. 가끔 어딘가 허한 날이면 후회했습니다. 만약 혜화와 헤어지지 않았다면 어땠을까? 정말 사랑하는 사람과 결혼했다면 정말 행복했을 텐데…. 그래서 알약을 먹은 겁니다. 평행 세계 어딘가에 홍혜화와 결혼한 내가 있을지도 모른단 생각으로 말입니다."

"허…."

미간을 찌푸린 채로 듣고 있던 김남우는 두 사람에게 물을 수밖에 없었다.

"홍혜화가 제가 아는 그 홍혜화가 맞지요? 스무 살에 패스트푸드점에서 아르바이트하면서 만난…."

"맞습니다."

"맞아요. 다섯 살 연상이었던."

"허…."

이해할 수 없는 얼굴로 두 사람을 보던 김남우는 말했다.

"제가 바로 그 홍혜화와 결혼해서 가정을 이루고 있는 사람입니다."

"엇!"

"그게 정말입니까?"

두 사람은 보물이라도 찾은 것처럼 기뻐하며 김남우를 돌아보았다. 그 반응에 인상을 찌푸린 김남우가 헛웃음을 터트리며 말했다.

"제가 세상을 바꾸려는 이유가 그겁니다 그거. 홍혜화와 사는 게 괴로워서 말입니다."

"뭐라고요?"

"아니? 그럴 리가!"

두 사람은 믿을 수 없다는 얼굴로 김남우를 바라보았다. 김남우는 혀를 차며 단호하게 말했다.

"정말입니다. 집에서 제가 어떻게 사는지 아십니까? 매일 잔소리입니다. 게임기 하나를 사려고 해도 쓸데없는 짓 한다고 욕먹는 게 제 현실입니다. 더는 이렇게 살고 싶지 않아서 알약을 먹은 겁니다. 당신들은 어떻게 생각할지 몰라도, 내 눈에 홍혜화는 마녀 같습니다, 마녀."

"음."

퉁명스럽게 말해버린 김남우는 아차 했다. 주도권이 내게로 온 게 아니었던가? 저들이 원하는 게 홍혜화인데, 그 환상을 굳이 깰 필요는 없었다. 김남우는 이제라도 했던 말을 번복하고 좋은 점이 있다고 할까 고민했지만, 그럴 필요가 없었다. 두 사람은 흔들림이 없었다.

"저는 그것도 즐거울 것 같습니다. 사랑하는 홍혜화와 지지고 볶으며 사는 게 제 꿈이었으니까요."

"저도 당신이 부럽습니다. 그리고 저는 그녀에게 다 맞춰줄 준비가 되어있습니다."

김남우는 황당함에 일그러지는 표정을 숨기지 못했다.

"뭐? 지지고 볶고 즐겨? 맞춰줘? 이 양반들이….."

화가 날 지경이었던 김남우에게 김남우3이 냉큼 제안했다.

"저와 인생을 바꿉시다. 보시다시피 저는 부자입니다. 당신도 저와 바꾸고 싶어 하지 않으셨습니까?"

그 순간, 김남우2가 끼어들었다.

"아니요. 저랑 바꾸는 게 어떻습니까? 저도 공무원으로 충분히 걱정 없이 살 만하고, 또 제 아내는 정말 착합니다. 제게 잔소리 한번 한 적이 없습니다. 그게 당신이 꿈꾸던 가정이 아닙니까? 저와 바꾸시지요."

"아니요, 아예 독신이 낫지 않겠습니까? 저와 하시죠."

"이 나이에 독신이라니요. 저랑 교환합시다. 제 아내는 비록 사랑하는 사람은 아니지만, 정말 좋은 사람입니다. 이 여자와 사는 건 행운이라는 말을 늘 듣고 삽니다 제가."

두 사람이 적극적으로 어필하자, 김남우는 당황했다. 나는 벗어나고 싶어 안달인 홍혜화라는 존재가 이들에게는 모든 걸 포기할 정도로 간절한 사람이라니?

추억과 현실

"참…. 그러면, 제가 고르면 되는 겁니까?"

선택권이 없던 두 사람은 김남우의 대답을 간절한 표정으로 기다렸다. 김남우의 고민은 길지 않았다. 단순히 부자인 것도 좋지만, 독신. 그가 현재 가장 원하는 것이었다.

"저는 그쪽이랑 바꾸겠습니다."

두 사람의 표정에 희비가 엇갈렸다. 김남우3은 감사하다며 김남우에게 다가와 열쇠를 건넸다. 김남우도 그에게 열쇠를 건넸고, 서로의 문을 향해 나아갔다.

"아…."

홀로 남은 김남우2는 쓸쓸하게 그들을 바라볼 수밖에 없었다.

*

눈을 번쩍 뜬 김남우는 주변을 두리번거렸다. 여관방이 아니라 웬 낯선 집이다.

"돼, 됐구나! 됐어! 으하하하!"

기뻐서 펄쩍 뛴 김남우는 본격적으로 집을 구경하려고 했다. 한데 그 순간, 현관문이 강제로 열리며 남자들이 들이닥쳤다.

"김남우 씨!"

갑작스러운 사태에 당황할 때, 가장 앞선 남자가 단호하게 소리쳤다.

"김남우 씨! 당신을 살해 혐의로 체포하겠습니다!"

"뭐, 뭐요?"

그제야 그들이 경찰이란 걸 알아본 김남우는 머릿속이 새하얘졌다.

"무, 무슨 말입니까? 살해 혐의? 제가요?"

"아내분의 시체가 발견되었습니다! 더는 부인할 수 없습니다."

"뭣, 아내요? 그럴 리가! 그 남자는 분명 독신이라고 했는데!"

"무슨 말씀입니까? 아내분, 홍혜화 씨의 시체가 발견되었는데요!"

"뭐?"

김남우는 멍하니 할 말을 잃었다.

*

새하얀 공간. 홀로 남아 한숨을 내쉬던 김남우2는 작은 진동을 느꼈다.

"앗!"

곧, 새로운 문이 생기고 김남우4가 튕겨 나오는 걸 보고 기뻐했다.

"오오!"

"오! 또 성공이군요!"

김남우4는 익숙한 것처럼 놀라지도 않고 김남우2에게 다가와 말을 걸었다.

"정말 다행입니다. 저번에 만난 분은 저랑 목적이 갈려서 실패했거든요."

"아! 저도 방금 실패하고 혼자 남은 겁니다."

"그래요? 와우! 어쨌든, 잘됐습니다. 우리 교환합시다."

"아, 좋죠!"

모든 걸 포기했던 김남우2는 기뻐했다. 그가 홍혜화의 존재를 물어보려는 순간, 김남우4가 김남우2를 경계하며 물러났다.

"앗 잠깐! 혹시 당신 '그' 김남우는 아니겠지요?"

"그 김남우요?"

"현 세계에서 아내 홍혜화를 죽이고도 화가 풀리지 않아서 몇 번이고 죽이기 위해 평행 세계를 돌아다니는 미친 김남우가 있다는 소문이 …."

김남우2는 눈을 끔뻑거렸다. 그로서는 도저히 믿을 수 없는 말이었기에.

"홍혜화를요? 아니 왜? 평생 꿈에서도 그리는 첫사랑인데?"

"그러니까 말입니다! 누구는 홍혜화와 헤어진 게 평생 후회되는 일인데."

두 김남우는 이해할 수 없다며 혀를 찼다.

현재를 바꾸는 타임머신

최상위 호텔의 최고급 객실에는 어떤 이가 묵고 있을까? 최 기자는 언젠가 품었던 궁금증을 오늘에서야 풀 수 있었다. 객실 문을 열고 들어간 최 기자는 거실 소파에 앉아 있는 중년 남성을 발견하곤 공손히 인사했다.

"안녕하십니까, 김 회장님. 인터뷰에 응해주셔서 정말 감사합니다."

"안녕하세요. 이쪽으로 앉으시죠. 커피 괜찮습니까?"

"네. 커피 좋습니다."

김 회장이 권한 맞은편에 최 기자가 조심스럽게 앉았다. 곧, 고용인이 다가와 커피를 내놓고 밖으로 사라졌다. 최 기자는 고급스러운 잔을 들어 커피 향을 맡으면서 생각했다.

'이 커피 한 잔에 분명 수십만 원 하겠지? 혹시 코피루왁 그런 건가?'

그의 딴생각은 김 회장의 목소리로 깨졌다.

"과학 담당 기자라고 들었습니다."

"아! 예! 맞습니다. 이렇게 인터뷰에 응해주실 줄은 상상도 못 했습니다."

"도움이 될까 해서 말입니다."

"아아, 네. 감사합니다."

'도움이 된다?' 최 기자는 그 말뜻을 이해하지 못한 채 고개를 끄덕였다. 그는 노트북을 꺼내며 조심스럽게 물었다.

"혹시 녹음은….."

"하세요."

"아. 감사합니다."

"너무 긴장하지 마시고. 평소대로 편하게 하시면 되겠습니다."

"네. 감사합니다."

최 기자는 김 회장이 생각보다 털털하다고 생각했다. 국내에서 다섯 손가락 안에 드는 대기업의 회장치고는 말이다.

"그럼, 많은 시간을 빼앗지 않고 바로 본론으로 들어가겠습니다. 그, 타임머신 말입니다."

질문을 던진 최 기자의 눈빛이 변했다. 김 회장은 고개를 끄덕였다.

"그래요. 알려진 대로 제가 타임머신을 만들고 있습니다. 아니, 공 박사가 만드는 거군. 정정해서, 제가 타임머신 제작을 지원하고 있습니다."

"네. 그 사실이 알려진 뒤 굉장히 많은 사람이 갑론을박했거든요. 타임머신이 가능할 리 없다는 말부터, 국내 최고 대기업인 보근기업에서 이유 없이 후원을 하겠느냐는 말까지요."

"우리 기업에서는 다들 싫어합니다. 헛돈 쓴다고 말입니다."

"네?"

"온전히 나의 의지로 연구하는 겁니다."

김 회장은 커피를 한 모금 마신 뒤 말했다.

"나도 이상한 소문은 많이 들었습니다. 외계인을 납치했다느니, 보근기업이 타임머신으로 지구를 지배하려는 악당이라느니, 심지어 누구는 김 회장이 진시황 흉내를 낸다고도 하더군요? 영생을 위한 방법을 연구 중이라고."

"아하….."

"사실을 말하자면, 타임머신은 제 개인적인 목적 때문에 연구하는 겁니다. 타임머신으로 보근기업이 이득을 취하려는 목적 따위는 없습니다. 그 기술이 영향을 끼치는 건 저 하나뿐일 겁니다."

"아 그렇습니까? 그럼 그 개인적인 목적이란 건 무엇이죠?"

"아시겠지만, 저는 혼자입니다."

최 기자는 고개를 끄덕였다. 김 회장이 평생 결혼도 하지 않은 독신이란 건 업계에 소문난 이야기였다. 혼맥이 중요한 대기업 생태계에서 그건 놀라운 일이다.

"제가 혼자인 이유는 순전히 그녀 때문입니다. 제가 타임머신을 연구하는 이유도 그녀 때문이고요."

"그녀라면요…?"

최 기자의 가슴이 두근거렸다. 대박 특종의 냄새다. 김 회장은 들뜬 그를 바라보며 말했다.

"누구나 인생에 선택을 해야 할 순간이 옵니다. 젊은 날의 제게도 그런 순간이 왔습니다. 당시 회사에서 인도에 새로운 지부를 세우고, 지부장으로 3년간 다녀올 사람을 구했죠. 학연, 지연, 연줄을 떠나 단숨에 승진할 기회였습니다. 저는 이 기회를 꼭 잡아야겠다고 생각했습니다. 하지만 그녀는 강경하게 반대했죠. 결국, 제게는 선택지가 주어졌습니다. 성공을 위해 인도로 떠나느냐, 사랑을 위해 한국에 남느냐."

"그럼…."

"예, 저는 인도로 떠났습니다. 그때의 저는 사랑보다 성공이 절실했습니다. 그리고 6개월 만에 소식을 듣게 되었습니다. 그녀가 죽었다고요."

"네?"

"그녀는 정말 좋은 사람이었습니다. 자신을 버린 남자를 용서하겠다고, 저를 만나기 위해 인도로 향한 겁니다. 하지만 인도에 도착하자마자 총기 테러로 변을 당하고 말았습니다. 제가 인도에 가지 않았다면 벌어지지 않았을 일이죠. 저 때문에 그녀가 죽은 겁니다."

최 기자는 김 회장의 표정에서 깊은 고통을 읽었다. 그는 물을 수밖에 없었다.

"수십 년이 지났는데도 그 일을 잊지 못하셨군요."

"다 잊기 위해 일에만 전념했습니다. 평생 그랬죠. 하지만 절대 잊히지 않았습니다. 혼자 있을 때면 언제나 그녀가 떠올랐습니다. 그러니 제가 혼자일 수밖에 없지 않겠습니까?"

자조 섞인 헛웃음을 흘린 김 회장은 먼 곳을 응시하며 계속 이야기했다.

"성공하면 할수록 후회가 커졌습니다. 성공이 이렇게 무의미한 것인 줄 알았으면 절대 그런 선택을 하지 않았을 겁니다. 평생 상상했습니다. 그날로 돌아가 그녀와 함께하는 선택을 했다면. 우리가 결혼해서 가정을 이뤘다면. 아이가 태어나고, 그 아이의 졸업식을 함께하고, 함께 텔레비전을 보며 커피를 마시고, 마트에서 쇼핑하고…. 지금처럼 성공하지 못하더라도, 별것 없는 직장인 신세일지라도, 정말 행복할 텐데. 그래서 타임머신이 필요한 겁니다."

"아아."

최 기자는 열심히 자판을 두드렸다. 한 글자도 빼놓지 않아야 할 특종이다. 김 회장은 잠깐의 침묵을 깨고 말했다.

"그러다 몇 년 전에 공 박사가 떠오르더군요. 정확히는 대학 시절 술자리에서 그 친구가 말했던 타임머신 이론이 말입니다."

"타임머신 이론이요?"

"사람의 신체는 시공간을 넘을 수 없지만, 생각은 시공간을 넘을 수 있다는 것입니다. 저는 녀석에게 대뜸 연락했습니다. 그 시절 그 이론을 여전히 기억하고 있더군요. 자세히는 모르겠지만, 녀석의 주장에 따르면 자연 상태에서도 무작위로 역사가 바뀌고 있다더군요. 강렬한 생각에 의해서 말입니다."

　　　　　　　　　　　　　現재를 바꾸는 타임머신

"그게 무슨… 말이죠?"

"쉽게 말하면, 어떤 강렬한 사념은 시간을 거슬러 과거에 영향을 끼치고, 그 영향의 결과가 미래인 현재를 실시간으로 바꾸고 있다는 말입니다. 사람들이 바뀐 역사를 인식하지 못할 뿐이라고요. 예를 들어 하루 전으로 시간여행을 했다고 치면, 지금 우리가 마시고 있는 이 커피가 원래는 오렌지 주스였을 수도 있다는 것입니다."

"아."

최 기자는 커피 잔을 바라보았지만, 쉽게 이해되지 않았다. 그 마음을 읽었는지 김 회장이 거들었다.

"저도 단번에 이해가 가진 않았지만, 녀석의 연구를 지원하기로 했습니다. 자연 상태에서 무작위로 일어나는 변화를 임의로 일으키는 연구 말입니다. 물론 시간여행에 이용할 파장은 제 사념입니다. 그날로 돌아가 인도행이 아닌 그녀를 선택할 것이란 사념 말입니다. 녀석의 말로는 제 후회가 너무 깊기에 가능할 수 있다더군요."

"음. 그럼 영화에서 보던 것처럼 시간을 여행하는 건 아니군요?"

"그렇습니다. 단지 제 강렬한 바람이 과거에 영향을 끼치는 것에 불과합니다."

"그게 가능할 거라 생각하십니까?"

"글쎄요…."

말을 줄인 김 회장은 커피를 한 모금 마신 뒤 말했다.

"저는 가능하다고 믿습니다. 그게 조건이기 때문입니다."

"예?"

"공 박사가 그러더군요. 네가 이 타임머신을 강렬하게 믿는 마음이 있어야만 실제로도 이루어진다고 말입니다. 마치 사이비 종교 지도자의 말 같지 않습니까? 약속한 일이 잘 안 되어도 애초에 그건 네 믿음이 부족해서였다고 하는 게 말입니다."

"하하."

김 회장은 품에서 작은 기계장치를 꺼냈다.

"공 박사는 현재 연구실에서 끊임없이 파장을 쏘아 보내고 있습니다. 제가 할 일은 당연히 그게 가능한 일이라고 믿으며, 그날로 돌아가 다른 선택을 하는 제 모습을 상상하는 겁니다."

"음….."

"기자님께서 이 이야기를 믿지 않는다면, 이런 생각이 들 수도 있겠습니다. 괴짜 과학자로 유명한 공 박사가 성공한 동창생을 속이고 빨대 꽂았구나."

"하하."

웃자고 하는 말이었지만, 실제로도 그런 느낌이 드는 게 사실이었다. 학계에서 추방당하다시피 한 공 박사는 갈 곳이 없었을 텐데, 성공한 동창생이 찾아와서 뜬구름 잡는 이야기로 연구실과 돈을 대준다면 거절할 이유가 있겠는가?

웃음을 흘리던 김 회장이 진지한 얼굴로 말했다.

"하지만 저는 믿습니다. 공 박사를 믿는다기보다 공 박사를 믿고 싶어 하는 저를 믿습니다. 시간을 되돌려 그녀를 선택하면, 행복해질 수 있다고 믿는 거죠. 우습게 보일지 모르겠지만 사실입니다."

"아, 네."

"그리고 그 믿음을 강화하기 위한 최종 단계가 바로 이겁니다. 당신과의 인터뷰."

"예?"

"세상에 드러내는 것 또한 제 믿음을 강화하는 수단 중 하나겠지요. 누군가 비웃고 손가락질하더라도 저는 전혀 상관이 없다는 의지입니다. 어쩌면, 기사를 본 모두의 사념이 제 사념에 더해져 결과에 영향을 끼칠지도 모르고요."

최 기자는 크게 고개를 끄덕였다.

"아. 그래서 인터뷰 제안을 수락하셨던 거군요. 그럼 그 말은 오늘 인터뷰 내용은 아무런 편집 없이 모두 내보내도 된다는 걸까요?"

"그렇습니다."

"아! 감사합니다."

기뻐한 최 기자는 감탄하며 말했다.

"그 위치에서 참 쉽지 않았을 텐데, 시간 여행이 정말 가능하다고 믿으시는군요."

김 회장은 확신에 찬 얼굴로 고개를 끄덕였다.

"믿습니다. 이 믿음은 꼭 저를 수십 년 전 그날로 데려다줄 겁니다. 그래서 제가 잘못된 선택을 하지 않도록 바꿔줄 겁니다. 잘못된 제 미래를 반드시 바꿀 겁니다."

진지한 그의 얼굴을 본 최 기자는 진실한 마음을 담아 고개를 끄덕였다.

"꼭 그렇게 되기를 기원합니다. 기사는 오늘 곧바로 나갈 겁니다."

"감사합니다."

두석규가 고개를 끄덕이던 그때, 그의 핸드폰이 울렸다.

"아 기자님, 잠시만요."

핸드폰을 받아 든 그의 목소리가 퉁명스럽다.

"어. 여보. 왜?"

[당신 또 가게 안 보고 공 박사인가 뭐시기 만나서 헛짓하는 거야? 빨리 안 들어와? 어디야!]

"어디긴! 카페야 카페! 들어간다 들어가!"

그가 핸드폰을 끊고 한숨을 내쉬자, 최 기자가 물었다.

"그럼 오늘 인터뷰는 여기까지 할까요, 사장님?"

"네, 기자님. 죄송합니다. 제가 식당에 급히 좀 가봐야 할 것 같아서…."

그가 테이블 위의 잔을 치우려 할 때, 최 기자가 말렸다.

"괜찮습니다. 음료는 제가 치우겠습니다. 두세요."

"감사합니다. 그럼…."

카페를 떠나는 그의 뒷모습을 보며 최 기자는 고개를 절레절레 흔들었다. 그래도 자판을 두드리는 그의 손은 꽤 재밌는 기사를 뽑아내고 있다.

[타임머신을 진짜라고 믿는 추어탕집 사장님을 만나다. 그는 수십 년

현재를 바꾸는 타임머신

전에 제대로 된 선택을 했다면 본인이 주방을 지키고 있진 않았을 거라

며….]

저주받은 안드로이드 로봇

잔심부름부터 집안일까지, 안드로이드 로봇의 유용함이야 모두가 다 알지만, 누구나 다 쓰기에는 가격이 비싸다. 돈이 모자란 이들이 차선책으로 찾는 곳이 바로 종로의 뒷골목, 중고 안드로이드 거리다.

서른쯤 되어 보이는 사내가 종로의 뒷골목을 거닐다가 어느 중고 안드로이드 상점에 들어섰다. 큰 흥미를 느끼지 못한 듯 대충 가게를 둘러보던 사내는 구석에서 발견한 안드로이드 로봇에 시선을 빼앗겼다.

조금씩 하자가 있고 때가 탄 다른 로봇들에 비해 깔끔한 데다가 외장재도 고급이었다. 사내의 고개가 갸웃했다. 이런 양품을 왜 구석에 전시했을까? 의미를 알 수 없는 빨간 종이가 이마에 붙어있는 것도 호기심을 끌었다. 사내는 사장을 불러 물었다.

"사장님, 이건 얼마나 합니까?"

한데, 그 로봇을 본 사장의 표정에 곤란함이 비쳤다.

"아, 죄송한데 그 제품은 파는 물건이 아닙니다."

"예? 파는 물건이 아니라고요? 그럼 뭡니까?"

"그게…. 아휴, 사정이 좀 있습니다."

어딘가 찝찝해 보이는 사장의 태도에, 사내의 호기심이 발동했다.

"무슨 사정입니까? 이 종이는 또 뭐고요?"

"그게…. 이거 참. 실은…."

한숨을 푹 내쉰 사장이 내뱉은 말은 사내를 황당하게 만들었다.

"저주받은 안드로이드 로봇이라서 말입니다."

"예?"

저주라니? 고전 소설에서나 나오는 그 저주 말인가? 로봇에?

사내는 미간을 찌푸리며 물었다.

"저주요? 그게 도대체 무슨 말씀입니까?"

사장은 진지한 얼굴로 말했다.

"이 로봇의 주인이었던 사람들은 모두 목숨을 잃었습니다."

"예? 그게 무슨 말입니까? 로봇에 문제가 있습니까?"

"아닙니다. 그들 모두 예기치 않은 사고로 목숨을 잃었습니다. 떨어진 간판에 맞아 죽든가, 담뱃불 화재로 죽든가, 목줄이 풀린 개에 물려 죽든가…. 이유는 달라도, 이 로봇의 주인이었던 사람은 모두 죽음을 맞이했습니다. 저주라고밖에 설명할 수가 없는 겁니다."

"허?"

사내는 믿기지 않는단 얼굴로 혀를 찼다.

"시대가 어떤 시대인데 저주라니요? 그냥 인공지능의 결함으로 로봇이 오작동한 거 아닙니까?"

"아니요. 몇 번이나 검사를 해봤지만 로봇에 오류는 없었습니다. 제품 자체는 완벽한 성능을 발휘합니다. 그저 저주받은 로봇일 뿐이지."

"그 저주가 사실이라 한다면, 그렇게 위험한 로봇을 왜 폐기하지 않았습니까? 심지어 파는 물건처럼 전시까지 하고."

사장의 안색이 급격히 어두워졌다.

"그랬다가 저주라도 받으면 어떡합니까? 실제로 제가 이 로봇을 폐기하려던 적이 있었는데, 마음만 먹었음에도 가벼운 교통사고를 겪었습니다. 그러니 놔둘 수밖에요. 그렇다고 어디 창고 같은 데 보관하고 있으면 저를 주인으로 인식할 것만 같고, 이렇게 내놓고 파는 척만 하는 겁니다. 주인이 결정되기를 기다리는 중이라고 말입니다."

그게 무슨 비상식적인 논리인가? 사내의 머리로는 이해할 수 없었다. 잠깐 고민하던 그는 사장에게 말했다.

"제게 파시죠. 제값은 충분히 드리겠습니다."

"뭐라고요? 제 설명을 듣지 않으셨습니까? 저주받은 로봇이라서 그럴 수 없습니다."

"제가 그 방면에 일가견이 있다면 어떻습니까?"

"무슨?"

살짝 고개를 숙인 사내가 목소리를 낮춰 말했다.

저주받은 안드로이드 로봇

"실은, 저희 할아버지가 과거에 퇴마사셨습니다."

"퇴마사라면…?"

"인간의 상식으로 이해할 수 없는 현상들을 해결하는 직업 말입니다. 저희 할아버지라면 아마 이 로봇에 걸린 저주를 풀 수 있을 겁니다."

"아니! 정말 저주를 풀 수 있단 말입니까?"

"그렇습니다. 어차피 이대로 가게에 두는 것도 불안하지 않습니까? 당신은 좋은 사람입니다. 그냥 누군가에게 팔아버리고 치울 수 있을 텐데도, 양심에 걸려서 그러지 않고 있죠. 하지만 언제까지 당신이 이 폭탄을 끌어안고 있어야 합니까? 누군가에게는 넘겨야 합니다. 그러면 해결의 가능성이 있는 사람에게 넘기는 게 가장 좋지 않겠습니까? 예?"

사장의 눈동자가 흔들렸다. 사내는 편하게 웃으며 말했다.

"제게 파시지요. 제가 저희 할아버지께 맡기겠습니다."

고민하던 사장은 잠시 뒤, 결심한 듯 고개를 끄덕였다.

"알겠습니다. 당신께 팔도록 하지요. 다만, 주인 등록은 꼭 할아버님께서 먼저 하시길 바랍니다. 당신의 안전을 위해서도 말입니다."

"물론 그럴 생각이었습니다. 감사합니다."

구매 후 가게를 나선 사내는 할아버지를 떠올리며 회심의 미소를 지었다. 분명 그의 할아버지가 좋아할 만한 물건이다. 물론, 그의 할아버지는 진짜 퇴마사가 아니었다. 그것은 사장을 속이기 위한 속임수일 뿐. 사실, 그의 할아버지는 국내 최고 대기업

보근기업의 회장이다.

괴팍하기로 유명한 회장에게는 한 가지 취미가 있었다. 신비한 물품을 수집하는 일이다.

"에잉! 참으로 낭만 없는 시대야. 과학이 발전하면서 불가사의한 일들이 사라졌다니까. 재미가 없어 재미가. 누구든 좋으니까 내 흥미를 끌 만한 물건을 가져오면 아주 높이 쳐주겠다고!"

회장에게 누군가 이집트 파라오의 저주받은 관을 3000억 원에 판 일은 꽤 유명한 일화였다.

사내가 종로 뒷골목을 뒤지고 다닌 이유도 다가오는 할아버지의 생신 선물을 준비하기 위함이었다. 다만, 지금 사내의 머릿속에는 다른 생각이 들어있었다.

"이 로봇의 주인은 모두 불의의 사고로 목숨을 잃었다는 거지?"

사내는 할아버지의 죽음으로 막대한 유산을 물려받기를 꿈꿨다. 할아버지의 자연사를 마냥 기다리기는 힘들었다. 몸에 좋다는 온갖 걸 하다 보니, 100살이 넘는 나이에도 늙어 보이질 않았다. 실제로 그의 아버지가 먼저 돌아가시지 않았던가?

사내는 이 로봇의 저주가 사실이기를 바랐다.

*

저주받은 안드로이드 로봇이 도착하자마자, 사내는 할아버지의 전자 인감을 몰래 사용해 주인으로 등록시켰다. 보름 뒤 생신까지 기다리기에는 어딘가 불안했기 때문이다.

"좋아. 이제 저주가 발동되는 건가? 아니지, 전원을 꺼놓으면 발동이 안 되려나?"

남자는 고민하다가, 로봇의 전원을 켰다.

[안녕하십니까? 오늘은 화요일, 강수 확률 32퍼센트의 선선한 날씨입니다.]

"오 부팅 빠른데?"

로봇은 명령을 기다린다는 듯이 고개를 귀엽게 갸웃했다. 사내는 별다른 생각 없이 명령했다.

"흠. 어차피 보름까진 시간이 있으니까, 집안일이나 시켜야겠네. 특별한 명령이 있을 때까지는 집안일에 열중하도록."

[네. 알겠습니다.]

사내가 혼자 지내던 집에는 안드로이드 로봇을 두지 않았었다. 오랜만에 로봇의 관리를 받으니 확실히 편리했다. 며칠간 편한 나날을 보내며, 사내는 의문이 들었다. 이렇게 훌륭한 로봇이 왜 저주받은 로봇이라는 걸까?

[약 15분 후, 저녁 식사를 하시겠습니까? 점심에 콩국수를 드셨으니, 불맛 나는 중식 볶음밥을 하고자 합니다.]

"오, 좋지."

사내는 편하게 소파에 누워 로봇의 요리를 기다렸다. 한데, 문득 천장을 본 사내의 미간이 좁아졌다. 원래 화재 센서 뚜껑이 좀 삐뚤어져 있었나? 고개를 주방 쪽으로 돌린 사내는, 웍을 돌리는 로봇의 뒷모습을 보았다. 화구의 불꽃이 원래 저렇게 높았나?

"…."

사내는 무언가 찜찜함을 느끼며 로봇에게로 다가갔다. 옆에서서 로봇이 요리하는 모습을 지켜보았다. 괜한 우려였는지, 로봇은 깔끔하게 중식 볶음밥을 만들어 내놓았다.

"맛있네."

[감사합니다.]

다음 날, 근처 마트에서 장을 본 사내는 로봇에게 짐을 들게 하고 집까지 걸었다. 아무 생각 없이 도로 쪽에서 걷던 사내는 로봇의 왼쪽으로 자리를 이동했다. 핸드폰을 보며 집까지 걷는데, 코너를 돌던 사내가 움찔 놀라 멈춰 섰다. 어느새 자신이 또 도로 쪽에서 걷고 있는 게 아닌가? 로봇이 밀면 언제든 차도로 튕겨 나갈 수 있는 위치에 말이다.

미간을 찡그린 사내가 로봇을 노려보았다.

'설마…. 아니겠지?'

사내는 다시 안쪽으로 걸었고, 집까지 아무 일 없이 도착했다.

다음 날, 베란다에 나와 담배를 피우던 사내는 문득, 베란다에 로봇이 정렬해 놓은 화분을 보았다. 원래 여기 있던 게 아닌데 왜 옮겼을까? 사내는 바람이 불어 떨어지기라도 하면 위험하겠다고 생각하며 아래를 내려다보다 화들짝 놀랐다. 바로 밑이 건물 입구가 아닌가? 항상 저곳으로 걸어 다녔는데도 그동안은 몰랐다.

사내는 찜찜한 얼굴로 로봇을 돌아보았다. 저주받았다는 말

저주받은 안드로이드 로봇

때문일까? 께름칙했다.

'그래도 주인 등록은 할아버지 이름으로 했으니까….'

사내는 머리를 흔들어 찜찜함을 털어내면서도, 어서 이 로봇을 할아버지에게 가져다줘야겠단 생각을 했다. 그리고 그때까지는 로봇의 전원을 꺼놓기로 했다.

그날 새벽, 사내는 잠결에 작은 소리를 듣게 되었다.

[삐. 삐. 삐.]

로봇이 움직일 때 나는 소리다. 몽롱한 상태로 깬 사내는 두 눈을 부릅뜨며 벌떡 일어났다. 황급히 돌아본 그곳에서 로봇이 움직이고 있었다.

"뭐, 뭐야!"

분명 전원을 껐는데? 사내가 겁에 질린 그 순간, 뒤에서 목소리가 들려왔다.

"뇌진탕이 어떨까?"

"아…!"

사내가 돌아보자, 방 안에서 웬 청년이 그를 바라보고 있었다.

"누, 누구? 어, 어떻게 여길!"

사내의 떨리는 목소리에 청년은 웃으며 대답했다.

"로봇이 문을 열어줬지요."

"뭐?"

당황한 사내와는 달리 청년은 히죽거리며 말했다.

"당신은 오늘 밤 화장실에 가려다 미끄러져서 뇌진탕으로 인한 죽음을 맞는 게 어울릴 것 같군요."

"뭐라고?"

"그러면 로봇의 저주가 또 한 번 완성되니까 말입니다."

사내는 상황을 파악하기 위해 최대한 머리를 굴렸다. 그게 무슨 말일까? 로봇의 저주가 완성되다니?

"잠깐만! 무슨 소리야? 그 말은 지금, 날 죽이겠다는 거야?"

"오. 그렇습니다."

"뭐?"

"사실은 제가 찾아올 필요도 없이 벌써 돌아가셨어야 하는데, 운이 좋으시군요."

혼란과 공포에 빠진 사내는 떨리는 목소리로 물었다.

"무, 무슨 말이야? 왜 날…?"

"아시잖습니까? 이 로봇은 저주받은 로봇이란 걸. 이 로봇의 주인은 모두 불의의 사고로 목숨을 잃어야만 합니다. 그러니까 당신도 오늘 욕실에서 뇌진탕 사고를 당하셔야만 하는 거죠."

청년의 말이 끝나자마자 로봇이 사내에게로 다가왔다. 눈이 휘둥그레진 사내는 다급하게 말했다.

"뭔! 그건 사고가 아니라 살인이잖아!"

"아무도 모르면 사고죠."

"이런 미친…. 컥!"

로봇이 사내를 꽉 붙들었다. 사내는 놓으라며 발버둥질 쳤지만, 로봇의 힘에서 벗어날 수 있을 리가 없었다.

"자, 잠깐만! 살려줘! 이러지 마! 살려줘!"

"아니요, 그러면 저주받은 로봇이 아니죠. 주인이 모두 사고로

　　　　　　　　　　저주받은 안드로이드 로봇

죽어야만 저주받은 로봇일 수 있거든요."

"그게 뭔 개소리야! 그게 무슨 저주받은 로봇이야? 사기지!"

"하하. 정답입니다. 아셨으면 이제 조용히 가시죠? 그렇게 소리를 질러봤자 어차피 방음된 방이라 도와주러 올 사람도 없지 않습니까?"

욕실로 끌려가며 발버둥질 치던 사내는 다급히 외쳤다.

"자, 잠깐! 잠깐만! 내가 주인이 아니야! 나를 로봇의 주인으로 등록하지 않았어!"

"음? 멈춰."

청년의 명령에 로봇이 멈춰 서자, 사내가 빠르게 말했다.

"내 할아버지가 주인이라고! 나로 등록한 거 아니야! 주인은 할아버지야! 할아버지가 죽어야 저주받은 로봇이지!"

"아. 어쩐지! 당신이 왜 여태 살아있나 했더니? 흠…. 그럼 할아버지는 어디 있습니까?"

사내는 이때다 싶어 바로 말했다.

"너 내가 누군지 알아? 우리 할아버지가 누군지 아냐고! 두석규야! 보근기업 회장 두석규! 알지? 두석규 회장!"

청년의 두 눈이 휘둥그레졌다.

"그, 그게 정말입니까?"

"로봇에 등록되어 있으니까 확인해 보라고!"

청년은 얼른 스마트폰을 들어서 로봇의 정보를 확인했고, 깜짝 놀랐다.

"허. 진짜네…."

"그렇지! 그러니까 내 몸에 손끝이라도 댔다간 진짜 큰일 날 줄 알아! 어?"

위압적으로 말한 사내는 이제 벗어날 수 있다고 희망했다. 그러나 청년이 복면을 쓰지 않았단 사실을 깨닫고는 얼른 목소리 톤을 바꿨다.

"자, 잠깐만. 나랑 거래하자!"

"거래요? 무슨 거래 말입니까?"

"뭔지 몰라도 이 로봇이 우리 할아버지를 사고로 죽일 수 있는 거지? 네가 그렇게 만든 거지?"

"예. 제가 절대 들키지 않을 스파이 프로그램을 개발했지요. 즉석에서 코딩이 만들어지고 바로 삭제되는 형식이라, 어떠한 검사에서도 나타나질 않을 겁니다."

자부심이 느껴지는 청년의 말투에 사내가 크게 호응했다.

"그, 그래. 대단하네! 그러니까 네가 만든 로봇으로 우리 할아버지, 두석규 회장을 사고로 죽여줘. 그러면 난 유산을 물려받게 된다고! 네게 돈을 줄게. 얼마면 돼? 100억? 200억?"

"오오?"

눈이 커진 청년은 생각에 잠겼다. 그 모습을 본 사내는 이제 됐다 싶었다. 한데, 청년은 고개를 저었다.

"두석규 회장 같은 거물을 어떻게 죽입니까? 아쉽지만, 거절하는 게 안전할 것 같습니다."

"뭐? 야, 야야! 너 겁먹은 거야? 괜찮아! 두석규 회장도 그냥 일개 인간이야! 똑같아! 죽여도 돼! 200억이 부족해? 500억!

500억 줄게!"

청년은 피식 웃으며 고개를 저었다.

"얼마를 준다고 하시든, 더 안전한 길을 선택할 겁니다. 그동안 노력한 것이 아까우니까요."

"아이씨! 뭔 노력!"

"생각을 좀 해보시죠. 제가 미친놈도 아니고, 왜 저주받은 로봇을 만들고 있겠습니까?"

"뭐?"

"그게 다 당신의 할아버지, 두석규 회장의 취미가 신비한 물건을 수집하는 것이기 때문이죠. 저주받은 안드로이드 로봇이라니, 현대사회에 이보다 더 매력적인 물건이 어디 있습니까? 당신과 거래하는 것보다는 당신의 할아버지에게 로봇을 파는 게 훨씬 더 나은 선택입니다. 아쉽지만 당신은 이 로봇을 본 적이 없는 걸로."

사내의 안색이 새하얗게 질렸다. 원래 그의 할아버지를 죽였어야 할 저주받은 로봇은 그를 욕실로 끌고 갔다. 살려달라는 외침도 무시하면서.

복제 인간 선정의 기준

무더운 한낮의 공원. 흡연 구역을 찾아 어슬렁거리던 최무정의 미간이 좁아졌다. 혹시나 하고 한곳을 응시하던 그의 눈이 커졌다.

"저… 저 새끼!"

최무정의 표정이 험악하게 일그러졌다. 그가 바라보는 곳에서는 한 사내가 개를 데리고 산책 중이었다. 최무정이 보자마자 이를 갈 수밖에 없는 그 사내, '최무정'이다. 자신과 똑같이 생긴 사내가 한가하게 개를 산책시키는 모습은 최무정을 분노하게 만들었다. 두 사람의 거리가 가까워지자 개가 먼저 반갑게 짖었다.

'월! 월월!'

꼬리를 흔드는 개의 목줄을 잡아당기는 '최무정'을 향해, 분노한 최무정이 소리쳤다.

"이 가짜 새끼야! 너는 내 가짜에 불과하다고!"

"…."

그러나 '최무정'의 표정은 담담했다. 사실 틀린 말은 아니지 않은가. 자신은 진짜 최무정의 가짜가 맞으니까. 목줄을 당긴 가짜 최무정은 진짜 최무정을 무시하고 지나쳐 갔다.

"저 가짜 새끼가!"

진짜 최무정이 아무리 소리를 질러대도, 가짜 최무정은 신경 쓰지 않고 산책길을 떠났다. 남겨진 진짜 최무정은 이를 갈았지만, 별달리 할 수 있는 게 없었다. 가짜를 때려봐야 자신만 가중 처벌이니까.

*

극심한 인구 저하는 극단적인 선택을 불러왔다. 암암리에 완성되어 있었지만, 윤리적인 문제로 쉬쉬했던 '복제 인간' 기술의 활용 말이다. 정부는 공식적으로 복제 인간 정책을 시행했다. 갓난아기부터 키우는 건 비효율적이니, 당장 경제 활동이 가능한 연령대의 국민을 복제하기로 했다. 그러나, 누가 자신을 복제하는 것에 동의하겠는가? 그래서 고안한 방법이 범죄를 저지른 사람을 복제하는 것이었다. 죗값이라는 명분으로 반발을 줄일 수 있으니 말이다.

그렇게 태어난 복제 인간들은 기본적인 상식 외에는 세세한 기억이 없었다. 그들은 태어나자마자 큰 비극을 마주해야 했는데, 자신이 누군가의 복제 인간이라는 사실을 알게 되는 것이었다. 원본인 인간이 사회에 멀쩡히 살아있으니 어쩔 수 없었다. 냉정하지만 "당신은 복제 인간입니다"라고 가장 먼저 알려줘야만 했다. 다만, 그 뒤에는 꼭 이 말을 덧붙였다.

"당신은 모르겠지만, 당신의 원본 인간이 큰 잘못을 저질렀기에 당신이 복제된 것입니다. 그러니까 당신은 절대 원본 인간처럼 어리석은 잘못을 저지르지 말아야 합니다. 당신은 원본보다 더 좋은 사람입니다."

복제 인간이 겪을 정체성의 혼란이나 복제 인간 차별 같은 문제는 개인이 해결할 수 없었다. 사회적 시스템이 뒷받침되어야 했기에, 정부가 적극적으로 나서서 분위기를 잡아갔다. '원본보다 나은 복제'라는 캐치프레이즈는 원본 인간을 제외한 모두에게 긍정적인 효과를 가져왔다. 각종 언론과 미디어, 법과 정책을 동원한 정부의 전략은 성공적이었다. 강하게 밀어붙인 덕분인지 짧은 시간 안에 사회적 분위기가 형성됐다. 원본 인간은 구제 불능 범죄자로, 복제 인간은 원본 인간과는 달리 순수하고 사회에 도움이 되는 괜찮은 사람으로 비쳤다.

더군다나 현실적인 조건도 복제 인간이 더 뛰어났는데, 정부에서 주는 세금 혜택이나 집과 일자리 등 각종 지원이 빵빵했기 때문이다. 덕분에 복제 인간들은 문제없이 자신감 있게 사회생활에 적응할 수 있었고, 모두가 그들을 좋아했다.

그래서 최무정이 자신의 복제를 보고 분노한 것이다. 원본 인간이라는 게 밝혀질 때마다 얼마나 많은 설움을 당해야 했던가. 이 사회에서는 원본 인간을 마치 훌륭한 복제 인간을 뽑아내고

　　　　　　　　　　　　복제 인간 선정의 기준

남은 찌꺼기로 취급했다.

"이 빌어먹을 가짜 놈!"

점점 멀어져 가는 복제 인간의 뒷모습을 보는 최무정의 눈빛이 이글거렸다. 손에 들고 있던 담배를 꾸깃꾸깃 쥔 그는 고개를 숙인 채 몰래 가짜의 뒤를 쫓았다. 그동안은 자신의 복제 인간이 어디에 있는지 알 수 없었지만, 우연히 마주치게 된 이상 참을 수 없었다. 최무정은 조심스러운 걸음으로 끝까지 미행했고, 가짜가 사는 집을 알아냈다.

"염병! 마당 있는 집에 살아?"

먼발치에서 집을 노려보던 최무정은 서늘한 눈빛으로 돌아섰다. 그날 새벽, 최무정은 어둠을 틈타 그 집의 담을 넘었다.

*

"크으!"

소파에 앉아 잔에 담긴 양주를 한 모금 들이켠 최무정은 복제 최무정을 내려다보았다.

"누구는 소주도 돈이 없어서 못 마시는데, 가짜는 이렇게 비싼 양주를 마셔? 세상이 이렇게 불공평해서야 되겠어?"

복제 최무정은 뭐라 대꾸할 수가 없었다. 바닥에 무릎 꿇린 채 양손은 테이프로 묶여있었고, 시퍼런 칼날이 그의 코 앞에서 왔다 갔다 하고 있었으니까. 침입에 성공한 최무정은 복제 최무정을 칼로 제압한 다음, 이렇게 여유를 부리고 있는 참이었다.

최무정은 술잔을 가볍게 흔들며 웃었다.

"흐흐흐. 뭐, 좋아. 이젠 다 내 것이니까. 네가 가진 게 고급이면 나는 더 좋지."

"뭐?"

"내 계획을 말해줄까?"

테이블에 술잔을 내려놓은 최무정은 복제의 목에 칼날을 들이밀었다.

"복제가 딱 하나 좋은 게 뭔 줄 알아? 너와 내가 똑같이 생겼다는 거야. 나는 지금부터 네 인생을 다 빼앗을 거야. 네 집, 직업, 친구들, 모두 다!"

"그게 무슨….'

"나도 알아. 우습지 정말 우스워. 진짜가 가짜 행세를 해야 한다니, 어떻게 된 일인지 몰라. 근데 이 세상이 그러네? 진짜는 벌레 취급을 당하는데, 가짜는 어딜 가나 환대를 받는 미친 세상. 그러니까 나도 미친 짓을 해야지 뭐."

복제의 표정이 굳었다. 최무정은 그 표정을 즐기듯이 말했다.

"난 너를 죽인 다음 네가 가진 모든 것을 빼앗을 거야. 죄책감은 없어. 어차피 넌 가짜고, 네 삶은 모두 다 내 덕이니까. 흐흐. 날이 밝으면 내가 가장 먼저 뭘 할까? 네 여자친구를 만나서 잘 거야."

"이…!"

"흐흐. 네가 저금한 돈을 낭비하고, 직장에서 깽판도 칠 거야. 오! 그래, 네 개도 갖다 버려야지. 그렇게 해도 이놈의 세상은 나를 좋게 봐주겠지? 나는 복제니까! 복제 인간은 무조건 좋다고 온 세상이 떠들어대니까!"

소리친 최무정은 옆으로 팔을 뻗어 테이블 위 술잔을 집어 들었다.

"빌어먹을 미친 세상….'

중얼거리며 술잔을 다 비운 최무정은 술을 다시 채우기 위해 몸을 살짝 옆으로 돌렸다. 그때, 무릎을 꿇고 있던 복제 최무정의 몸이 용수철처럼 튀어 올랐다.

"으아아!"

"컥!"

복제 최무정의 머리가 최무정의 턱을 강하게 가격한 순간, 그의 손에 들린 칼이 떨어져 나갔다. 복제 최무정은 묶인 손으로 얼른 그 칼을 집어 들었다. 화들짝 놀란 최무정이 저지하려 했지만, 복제 최무정의 손이 한발 빨랐다. 칼날이 최무정의 몸을 긁었다.

"아악! 씨! "

고통으로 일그러진 표정의 최무정이 복제 최무정의 손을 발로 걷어찼다. 칼이 옆으로 날아갔지만, 복제 최무정은 얼른 다시 칼을 집었고, 그사이 최무정이 덮치고, 둘은 거칠게 엉겨들었다.

"죽어! 죽어!"

"이런 씨!"

마구잡이의 몸싸움은 끝까지 칼을 놓지 않은 복제 최무정의 승리로 돌아갔다. 이 싸움의 마지막 장면은 숨이 멎은 최무정의 몸 위에서 칼을 높이 치켜들고 숨을 헐떡이는 복제 최무정의 모습이었다.

"하아… 하아… 하아…."

온몸에 진이 빠진 복제는 테이블로 기어가 양주를 병째 들고 꿀꺽꿀꺽 들이켰다. 뜨거운 한숨을 내쉰 복제 최무정은 소파에 등을 기대앉아 있다가, 몇 분 뒤 경찰에 전화를 걸었다.

*

복제 최무정은 이 상황을 믿을 수가 없었다. 정당방위가 아닌, 살인 혐의라니. 그는 억울했지만, 최무정의 덫을 벗어나기가 쉽지 않아 보였다. 진짜 최무정은 그의 집에 침입하기 전, 한 장의 유서를 남긴 상태였다.

[자살하기 전에 마지막으로 복제된 나를 찾아갈 것이다. 가서 나는 이제 죽을 테니, 이제 당신이 진짜 최무정으로 훌륭히 살아달라고 말할 것이다.]

경찰이 확보한 이 유서는 복제 최무정의 정당방위를 의심하게 만들었다. 결정적으로 최무정의 위에서 유서에 쓰인 자살용 독극물이 검출되면서 복제 최무정의 살인으로 혐의가 기울었다.

형사는 수사를 끝내고 복제 최무정을 송치하며 말했다. 그 말을 듣는 순간, 복제 최무정은 최무정의 목적을 알 것 같았다.

"이런 경우는 드문데, 죄가 엄중하니 어쩔 수 없이 복제 인간을 또 복제하게 될 것 같군요. 그러면 당신은 이제 원본 인간이 되는 겁니다."

"…."

　복제 최무정은 두려웠다. 이 시대에 사는 인간이라면 모두가 알고 있었다. 원본 인간의 삶이 어떤지.

의심의 화물 우주선

새까만 우주에 반짝이는 불빛 하나, 화물 운송용 우주선 제트다. 유수의 우주운송기업 보그나르의 운송기 중에서도 제트는 특수 화물만을 취급하는 우주선이다.

조종석과 거주 구역이 일체형인 제트의 내부에서 두 남자가 깨어났다. 그들을 기다리는 건 한 장의 문서였다. 우주운송기업 보그나르의 정식 인증 마크가 붙은.

[특수 화물 운송용 우주선 제트. 당신은 이 우주선의 조종사입니다. 극비 화물을 운반하기 위해 모든 기억을 제거하는 시술을 받았습니다. 당신이 동의한 사항입니다. 기억 복구는 화물 운송 완료 후 이루어집니다. 화물의 목적지는 행성 J-331입니다. 돌발 상황이 발생하지 않는다면 제트는 한 달 후 J-331에 도착합니다. 안전한 운행을 기원합니다.

※ 화물칸은 절대 열어보지 마십시오.

※※ 재차 경고합니다. 화물칸은 절대 열어보지 마십시오.]

"그러니까, 우리가 화물 운반 업자란 말이지?"

"도대체 얼마나 대단한 극비 사항이길래 이렇게까지 보안에 신경 쓰는 거야?"

그들은 몸이 기억하는 대로 우주선 내부를 살폈다. 그들의 걸음이 멈춘 곳은 으레 화물칸 앞이다. 화물칸 문에도 같은 경고문이 붙어있었다.

"엄청난 물건인가 보군."

"궁금하게 말이야."

두 남자는 한동안 문을 바라보다가 어깨를 으쓱했다.

"식사를 할까?"

"그래. 한 달이면 식사 수준이 어떤지 확인해 봐야지."

대충 식사를 마친 두 남자는 적당히 앞으로의 계획을 세웠다. 그 결과, 큰 난제를 발견했다.

"할 게 없어! 빌어먹을. 화물 운송용 우주선이라 여가 시설이 하나도 없잖아?"

"최소한의 거주 구역을 빼곤 다 화물칸이야."

"운전사가 두 명인 게 2교대인 줄 알았더니, 심심해서 죽지 말라고 그런 거였구먼. 포커나 그런 거 없나?"

"찾아보지."

두 남자는 이틀간 무료한 시간을 보냈다. 서로 기억도 없고 할 것도 없는 상황에서, 이야기 주제는 하나로 모일 수밖에 없었다.

"화물칸 안에 뭐가 있을까?"

두 남자는 틈만 나면 화물칸 내부의 물건을 추리했다.

"분명 상상도 못 할 물건일 거야. 이토록 보안에 신경 쓴 걸 보면 엄청난 가치의 물건 아니겠어?"

"엄청나게 비싼 광물이 가득할지도 몰라. 100그램이면 우주선 한 대를 살 수 있는 값어치의 광물 말이야."

"아니, 어쩌면 괴생물체의 알을 불법 밀수하는 건 아닐까? 그러니까 보안이 철저하지."

"최첨단 로봇일 수도 있고."

온갖 상상의 나래를 펼칠수록 둘의 호기심은 점점 커졌다. 그러던 어느 날, 한 명이 제안했다.

"저 화물칸을 열 방법이 있다는 거 알아?"

"뭐? 절대 보안 코드로 잠겨있는데?"

"그게 바로 인식의 사각지대야. 꼭 코드로 열 생각을 하거든. 힘으로 열면 되는데."

"뭐라고?"

"화재용 레버를 당기면 힘으로도 열 수 있다고. 저건 장식이 아니지."

"아! 그렇군. 그런데 그 말은 지금 열어보자는 뜻이야?"

"너는 어떤데?"

"음⋯."

감시자도 없이 둘뿐인 우주선. 둘의 고민은 길지 않았다.

"좋아 열어서 확인만 해보자. 그 정도는 상관없지 않겠어?"

의심의 화물 우주선

"그래. 우리가 뭐 저 화물을 들고 튈 것도 아니고."

둘은 조심스럽게 화물칸 문을 열었다.

'끼이이이이익.'

머릿속으로 그 안에 있을 온갖 물건들을 상상하며 문틈 너머를 바라보던 두 남자는 놀란 표정을 지었다.

"뭐야? 하나라고? 박스 하나잖아?"

"아니, 이 넓은 화물칸에 달랑 저거 하나라고?"

화물이라곤 중앙에 놓인 네모난 기계장치 하나가 전부였다. 의아해하던 두 남자는 기계를 향해 다가갔고, 그 정체에 놀랐다.

"사람인데?"

"동면 장치잖아?"

두 남자는 인상을 찌푸린 채, 동면 장치에 누운 한 청년을 바라보았다.

"뭐지? 우리가 옮기는 화물이 사람이었다고?"

"잠깐만, 나 지금 이해할 수 없는 것 천지야. 이렇게 멀리 보내는 운송물이 사람이란 것도, 그거 하나란 것도, 이렇게 굳이 동면해 놓았다는 것도. 모조리 미스터리한데?"

"그러게. 도대체 뭐야? 우린 뭘 옮기는 거야 도대체? 뭐길래 극비라는 거야?"

문을 열면 궁금증이 풀릴 줄 알았는데 오히려 더 커졌다. 그때부터 두 남자는 새로운 추리에 들어가야 했다.

"이 사람이 커다란 죄를 지어서 유배 가는 건가?"

"아니면, 인간의 형태를 한 안드로이드? 겉으로만 동면 장치로

포장해놓은 걸지도 모르지. 불법 안드로이드라서 말이야."

"불법 안드로이드를 밀수할 거면 화물칸을 꽉 채웠겠지. 혹시 뭐, 처치 곤란한 정치범인가?"

"이 나이에?"

둘의 머리로는 도저히 이해할 수가 없었고, 한 명이 조심스럽게 제안했다.

"깨워서 물어볼까?"

"뭐? 화물에 손을 대자고?"

"그냥 궁금하니까."

"깨웠다가 어쩌려고? 우리가 화물칸을 봤다는 걸 동네방네 소문낼 텐데?"

"역시 좀 그런가?"

두 남자는 찝찝한 얼굴로 물러났다. 하지만, 날이 갈수록 궁금해졌다. 도대체 뭘까? 왜 사람 하나를 이렇게 극비로 옮기는 걸까? 무슨 이유로?

"에라! 한번 깨워보자! 돌발 상황이 발생해서 긴급하게 처리했다고 하면 되지!"

"그래 그러고 다시 재우면 돼. 해보자."

의기투합한 두 남자는 청년이 든 동면 장치의 버튼을 조작했다. '삐' 소리가 짧은 간격으로 울린 뒤, 동면 장치의 유리가 서서히 걷혔다. 그 사이로 한기가 뿜어져 나오더니 곧이어 청년이 벌떡 일어났다.

"쿨럭!"

"어이쿠."

두 남자는 청년을 부축해서 장치 밖으로 빼냈다. 창백하던 청년의 혈색은 빠른 속도로 회복되었고, 정신을 차린 청년이 둘을 보며 입을 열었다.

"여긴…?"

"어, 음."

서로를 돌아보며 머쓱해하던 둘은 청년에게 그간의 사정을 설명한 뒤, 솔직하게 물었다.

"그래서 봤더니, 화물칸 안에는 당신이 든 동면 장치 하나뿐이었습니다. 이해할 수 없게도 말입니다. 혹시, 설명해 주실 수 있으십니까?"

청년은 미간을 찌푸리며 고개를 갸웃했다.

"그렇군요. 근데 저도 아무런 기억이 나질 않는데. 제가 누구죠?"

"아! 설마 기억 제거 시술인가?"

"하긴, 극비 보안이니까 그럴 만도 하지."

둘은 청년을 보며 실망했고, 청년은 당황한 목소리로 물었다.

"근데 한 달이나 걸리는 곳까지 옮기는 화물이 저 하나란 말입니까? 이 커다란 공간을 낭비하면서? 이해할 수 없는데요."

"저희도 마찬가집니다. 참."

머리를 긁적이던 한 남자가 눈치를 좀 보다가 말했다.

"저기 그러면, 일단…. 저희는 이게 일이니까 말입니다. 그쪽을 목적지까지 무사히 옮겨야 하거든요."

"예?"

"그러니까…. 저희가 깨우긴 깨웠지만, 일단… 다시…."

청년은 남자들의 눈짓이 동면 장치로 향하는 걸 보고 상황을 읽었다. 그는 다급히 손을 저었다.

"잠깐만, 제가 꼭 다시 잠들 필요가 있습니까? 그냥 깨어난 채로 가도 되지 않습니까? 어차피 심심하실 텐데 여러분도."

"그건 좀…."

"아니, 깨워놓고 다시 재우는 게 어딨습니까?"

억울해하는 청년이 모습에 두 남자는 조금 미안한 듯 말했다.

"하지만 저희 일이 화물을 운송하는 것이라서 말이지요."

"제가 화물이란 말입니까? 물건도 아니고 뭔….."

"사실 저희 입장에서 화물이긴 하거든요."

"허."

청년은 곤란해하는 두 남자를 바라보다가 말했다.

"제가 다시 잠들 땐 잠들더라도, 뭐라도 좀 먹을 수 없습니까? 배가 고픕니다. 밥 한 끼 정도는 괜찮지 않습니까?"

"음."

서로를 돌아보던 두 남자는 고개를 끄덕였다.

"뭐, 그렇게 맛있는 음식은 아니지만. 식사가 있으니까. 마침 우리도 뭐 먹을 때가 됐지?"

"그럴까?"

셋은 화물칸을 빠져나왔다. 남자들이 식사를 준비할 때, 청년은 서류를 읽었다. 간편식이라 빠르게 준비를 끝낸 남자들이 청년을 불렀다.

"자, 식사하시죠."

청년은 바로 오지 않고 그들을 향해 말했다.

"두 분은 깨어날 때부터 함께였습니까?"

"맞습니다. 왜요?"

"이상하다고 생각한 적 없습니까? 여길 보시죠. 이 안내문에 따르면 '당신은'이라고 되어있습니다. '당신들은'이 아니라요."

"음?"

두 남자가 다가오자, 청년은 안내문을 내밀었다.

[특수 화물 운송용 우주선 제트. 당신은 이 우주선의 조종사입니다.]

[극비 화물을 운반하기 위해 모든 기억을 제거하는 시술을 받았습니다. 당신이 동의한 사항입니다.]

"음. 그러네."

청년은 그들에게 대수롭지 않게 여길 일이 아니라는 듯 힘주어 말했다.

"돌발 상황이 펼쳐지지 않는 한 이 우주선은 자율 항해 모드입니다. 조종사가 두 명이나 필요할 일이 있습니까? 처음부터 조종사는 한 명이었을 수도 있단 생각 안 해보셨습니까?"

두 남자의 미간이 좁아졌다. 한 남자가 물었다.

"그래서, 그게 뭔 상관입니까?"

청년이 눈을 가늘게 하며 목소리를 낮췄다.

"지금 둘 중 한 명이 다른 이를 속이고 있을 수 있단 말이죠. 기억이 없는 척하고 말입니다."

"엥?"

두 남자는 서로를 돌아보다가 헛웃음을 터트렸다.

"무슨 이유로 말입니까?"

"그러게. 굳이 왜?"

청년은 둘을 번갈아 보며 말했다.

"제가 사실, 여러분께 거짓말한 게 있습니다. 저는 사실 기억 제거 시술을 받은 게 아닙니다."

"엥? 속였다고?"

"그게 중요한 게 아닙니다. 중요한 건 지금 이 우주선에 '안드로이드'가 한 명 있다는 거죠. 목적을 이루기 위한, 그리고 목적을 달성했을 때 목격자를 제거하기 위한 살상용 안드로이드 말입니다."

"뭣?"

깜짝 놀라는 두 남자를 가리킨 청년은 목소리를 높였다.

"지금 두 분 중 한 분은 이 비행기의 조종사, 한 분은 살상용 안드로이드입니다. 국경을 통과하기 위해서 정식 화물 조종사가 필요하지만, 목적지에서 일이 끝났을 때는 제거당해야만 하죠. 아시겠습니까? 두 분 중 한 분은 죽는단 말입니다!"

두 남자의 눈동자가 흔들렸다.

"그게 사실입니까?"

"사실입니다."

"잠깐! 뭘 믿고? 그걸 어떻게 믿으라고?"

"안 믿으면 진짜 조종사는 죽겠죠."

"윽!"

두 남자를 혼란에 빠뜨린 청년은 눈을 빛내며 말했다.

"방법이 딱 하나 있습니다. 안드로이드를 찾아서 동면 장치에 넣는 것이죠. 그러면 우리는 안전할 수 있습니다."

청년의 말에 두 남자는 서로를 돌아보았다.

*

"난 잭으로 하겠어."

다소 뚱뚱한 체격의 남자가 말했다. 키 큰 남자가 고개를 끄덕이며 답했다.

"그럼 난 맥스로 하지. 자네는 잭, 나는 맥스. 이제부터 이게 우리 이름이야. 잭."

"좋아. 맥스."

잭과 맥스, 처음 서로를 이름으로 불렀지만 둘은 서먹했다. 청년이 끼어들었다.

"제 이름은 창입니다."

"좋아, 창. 그럼 이제 제대로 얘기해보자고."

테이블에 둘러앉은 셋은 심각한 얼굴로 이야기를 시작했다. 잭이 물었다.

"창. 네 주장은 우리 둘 중 하나가 안드로이드고, 그는 화물 조종사를 살해할 생각이란 말이지? 기억 제거 시술을 받았는데도 불구하고?"

"예. 조그만 누설 가능성도 남겨두지 않아야 하는 일이기 때문입니다."

"왜지? 그게 이해가 안 가. 무슨 일이길래? 너를 옮기는 게 무엇이길래 그렇게까지 엄중한 거지?"

"그건…."

창은 대답하지 못했다. 맥스가 다그쳤다.

"그 비밀을 말하지도 않고, 우리에게 네 말을 그냥 믿어달란 말인가?"

"죄송하지만, 제가 그 비밀을 말하는 순간, 안드로이드가 다른 한 분을 살해할 가능성도 있습니다. 극단적인 보안 유지를 위해서 말입니다."

"뭐?"

움찔 놀란 두 남자는 서로를 돌아보았다. 잭이 물었다.

"국경을 넘을 때 등록된 화물 조종사가 필요하다고 하지 않았어?"

"맞습니다만, 안드로이드는 보안 유지에 덜 위험한 쪽을 선택할 겁니다. 밀입국과 저울질해서 말입니다."

"음…."

두 남자는 더 다그치지 못했다. 한동안 복잡한 생각이 오갈 때, 잭이 조심스럽게 말했다.

"만약 네 말이 다 맞는다고 치자. 그럼 당연히 난 안드로이드가 아니야. 내 몸을 봐. 이렇게 뚱뚱한 안드로이드가 어딨어?"

"잠깐만."

의심의 화물 우주선

맥스가 인상을 찌푸리며 반박했다.

"그건 이상한 논리야. 오히려 의심을 덜 받기에 좋은 체형 아닌가? 전쟁용이 아니라 인명 살상용이니까."

"하지만 난 정말 아니라고."

"그럼 나라고? 나도 아니다."

두 남자의 신경전이 펼쳐질 때, 창이 말했다.

"잠들기 전에 한 명을 동면시키는 게 좋을 것 같습니다. 아까도 말했다시피, 안드로이드가 보안 유지를 위해서 어떤 돌발행동을 할지 모르니까요."

표정이 심각해진 둘 중 잭이 창에게 말했다.

"근데. 아무런 증거도 없는 말이야. 가장 합리적인 의심이 뭔 줄 알아? 네가 거짓말을 하고 있다는 거지. 우린 너를 다시 화물칸에 원래대로 돌려놓고, 우리의 일을 마치면 되는 거고."

"진짜라면요?"

"증거도 없이?"

창은 맥스를 돌아보며 말했다.

"안드로이드는 제가 자유로운 걸 원하지 않습니다. 목적지까지 얌전히 가길 바라죠. 그렇게 생각하지 않으십니까?"

"잠깐! 내가 안드로이드라는 거야 뭐야?!"

잭이 발끈하자, 창이 잭을 보며 말했다.

"제 말은, 둘 중 한 분이라는 겁니다."

"그러니까 그게 진짜인지 거짓말인지."

"잠깐만. 이상하군."

"응?"

곰곰이 생각에 잠겨있던 맥스가 날카로운 눈매로 창을 바라보았다.

"화물 조종사가 기억 제거 시술을 받았는데, 왜 '화물'에게는 안 했지? 그게 훨씬 안전할 텐데?"

"그건….'"

"이 화물선에는 현재 세 명이 있다. 그중 두 명은 기억을 잃은 인간이겠지. 유일하게 모든 걸 기억하고 있는 자가 있다면, 그자가 안드로이드라고 생각해도 되는 거 아닌가?"

잭의 눈이 커졌다. 미간을 찌푸린 창이 자신을 가리켰다.

"제가… 안드로이드란 말입니까?"

"합리적인 추론이야."

"합리적이라고요? 허! 제가 안드로이드인데, 왜 동면 장치에 들어가 있겠습니까?"

"좋아, 내가 추리한 것을 말해보지."

맥스는 손짓해가며 차근차근 설명했다.

"처음 이 화물선에는 두 명이 기억을 잃고 잠들어 있었겠지. 유일하게 깨어있던 안드로이드는 생각했을 거야. 국경을 통과하기 위해서는 회사에 등록된 화물 조종사가 깨어있어야 하는데, 그가 과연 호기심을 억누를 수 있을까? 안드로이드는 인간의 호기심을 의심했어. 그래서 역으로 머리를 쓴 거야. 화물을 밖으로 꺼내놓고, 스스로 동면 장치에 들어가 있기로 말이지."

"아!"

의심의 화물 우주선

"인간의 호기심이 동면을 깨우지 않는다면, 두 인간이 모두 본인을 조종사라 착각하여 목적지까지 무사히 도착할 거야. 만약 깨운다면? 지금 이렇게, 꺼냈던 인간을 다시 동면 장치에 넣기 위한 작업을 펼치면 되는 거야. 본인은 절대 안드로이드가 아니라는 안전한 포지션에 서서 말이지."

"세상에!"

잭은 소름이 돋은 얼굴로 창을 보았고, 창은 미간을 잔뜩 찌푸리며 맞받아쳤다.

"그건 너무 소설 아닙니까?"

"그럼 네 주장은? 그건 소설이 아니고?"

"…."

"소설이 아니라는 전제하에 얘기해 보자고. 그럼 우리 셋에게는 두 가지 선택지가 있어. 네 주장대로 우리 둘 중 한 명이 동면 장치에 감금되는 것, 아니면 내 추리대로 네가 동면 장치에 들어가는 것. 합리적으로 생각했을 때 우리 둘 중 한 명을 고르는 것과 그냥 너를 고르는 것, 둘 중 어느 게 더 안전한 선택이지? 게다가 모두 다 네 거짓말이었다면, 우린 그냥 원래대로 화물 일을 무사히 마쳐야 하는데?"

논리적으로 이야기를 마친 맥스는 잭을 돌아보았다.

"내 생각은 이런데, 동의해?"

"으음. 그렇긴 해."

고개를 끄덕이는 잭에게 창이 말했다.

"맥스가 너무 똑똑하단 생각은 안 듭니까? 인간치고."

맥스가 바로 받아쳤다.

"화물선 조종사는 지능이 낮을 거라는 편견인가 그거?"

"아니. 당신은 너무 순식간에 상황을 정리했습니다."

"잭도 이야기를 듣자마자 바로 이해했고 말이야. 어려운 이야기가 아니었어. 난 그냥 합리적인 선택을 하자는 거야. 애초에 수상한 화물이고 수상한 인물이야. 그 거짓말에 놀아나느니, 그냥 화물선 조종사라는 직업인으로서의 선택을 하자고. 화물을 건드린 실수를 반성하고, 원래대로 돌려놓자는 거지."

"정말 거짓말이 아닙니다!"

창은 답답해하며 언성을 높였다.

"목숨이 걸린 일이라고요! 당신들 중 조종사는 쓸모를 다하는 순간 분명 살해당합니다!"

"안드로이드라는 게 존재한다면. 또한 그게 네가 아니라면."

"윽…!"

창의 얼굴이 사정없이 구겨질 때, 잭이 입을 열었다.

"자, 잠깐! 나도 맥스 네 말이 옳다고는 생각해. 하지만 만에 하나라는 게 있잖아."

"정말 안드로이드가 있다고? 그러니까 우리 둘 중 하나, 네 입장에서는 나를 동면 장치에 감금하겠다고?"

맥스의 물음에 잭은 고개를 저었다.

"아니 내 말은 그게 아니야. 나도 네 말대로 저 친구를 다시 원래대로 돌려놓는 게 맞다고 생각해. 다만, 넣기 전에 안드로이드를 한번 찾아보자는 거지."

"어떻게? 그게 가능했으면 이런 고민 안 했어."

"내가 제안할 게 있는데, 우리 셋이서 살짝 피를 내보는 게 어때? 인간은 피가 날 거 아니야!"

맥스는 작게 한숨을 내쉬었다.

"그렇게까지 놀아날 이유가 있을까? 그리고 이봐, 지금 이렇게 가까이서 봐도 구별할 수 없는데, 설마 피가 안 나겠어? 안드로이드가 그렇게 허술할 거라고 생각해? 혹시 모르지, 목을 잘라보면 그땐 알 수도 있겠다."

"그래도 혹시 모르잖아? 파란색 피라도 나올지! 그 정도는 해도 되잖아. 구급상자도 있는데 말이야."

창도 잭의 말을 거들었다.

"전 할 수 있습니다. 저는 무조건 인간이니까. 맥스, 당신은 지금 거부하는 이유가 따로 있는 겁니까?"

"무슨…."

인상을 찌푸린 맥스는 고개를 끄덕였다.

"그래, 생각해보니까 합리적으로 나쁜 선택은 아니야. 금방 아물 정도의 상처만 낸다면야."

동의한 세 사람은 식사용 나이프를 준비했다. 먼저 말을 꺼냈던 잭이 본인의 손등을 살짝 그었다. 붉은 피다.

"웃. 제기랄!"

생각보다 깊게 베인 상처에 인상을 찌푸린 잭은 급히 상처를 지혈했다.

"아까 할 수 있다고 했지? 창, 네 차례야."

다음으로 창이 본인의 손등을 그었다.

"윽…. 보셨습니까? 저도 피입니다."

마지막으로 맥스가 손등을 가볍게 그었다. 역시나 붉은 피다.

"정말 무의미한 일이었지만, 그래도 안심이 된다면야."

피를 지혈한 뒤, 맥스가 말했다.

"나는 아까의 생각과 변함이 없어. 모든 걸 원래대로 돌릴 생각이야. 두 사람의 생각은 나와 다른가? 잭?"

"으음. 아니. 나도 네 생각에 동의해. 그게 가장 합리적인 선택이지."

창의 표정이 굳었지만, 저항할 순 없었다. 결국 창은 다시 화물칸의 동면 장치에 눕게 되었다. 마지막으로 그는 경고했다.

"계속 의심하세요. 안드로이드에게 목숨을 잃고 싶지 않다면 말입니다."

"…."

"…."

창의 동면이 이루어지고, 두 남자는 화물칸을 굳게 잠갔다.

"빌어먹을 호기심이었어."

"그래. 다시는 열지 말자고."

두 남자는 복잡한 얼굴로 화물칸의 문을 바라보았다.

*

맥스는 불이 꺼진 밤 남몰래 움직였다. 전기 작업용 장갑을 낀

의심의 화물 우주선

그의 손에는 우주선 전력 공급선이 들려있었다. 그 선은 잠든 잭의 목을 감는 데 사용되었다.

"컥…! 커억…!"

두 눈을 부릅뜬 잭의 몸이 전기 충격으로 부들거렸다. 맥스는 온 힘을 다해서 목을 조였다.

"미안…! 하지만…! 합리적으로… 가장!"

"끅…!"

부들부들 떨리던 잭의 몸에서 앓는 소리가 사라지더니 순간, 들려선 안 될 소리가 들려오기 시작했다.

[삐-! 삐-! 삐-!]

"헛?"

깜짝 놀란 맥스는 필사적으로 힘을 주었고, 잭의 몸이 축 늘어졌다. 그런데도 맥스는 전력 공급선을 풀지 못했다.

"아, 안드로이드였어!"

연기를 뿜어대는 잭을 보며, 맥스는 온몸에 소름이 돋았다. 황급히 달려가 연장을 챙겨 온 그는 잭의 가슴에 말뚝을 박아 확인 사살했다.

"세상에… 진짜 안드로이드였군…."

완벽하게 잭을 죽였다고 생각한 뒤에야 맥스는 긴장을 조금 풀었다. 그는 쉬지 않고 바로 화물칸으로 달려가 창의 동면 장치를 깨웠다.

얼마 뒤, 동면에서 깨어난 창에게 맥스가 말했다.

"네 말이 맞았어. 그놈은 안드로이드였어!"

"역시! 제가 그러지 않았습니까!"

창은 달려와 잭의 시체를 확인했다.

"혹시 모르니까 동면 장치에 얼려둬야겠어."

"아! 알겠습니다."

두 사람은 잭의 시체를 동면 장치에 넣어 얼려버렸다. 그제야 완전히 안심한 맥스는 바닥에 앉아 긴장을 풀었다.

창이 궁금한 얼굴로 물었다.

"아니 그런데, 어떻게? 그가 안드로이드인 걸 어떻게 알아채신 겁니까?"

"알아채지 못했어. 죽은 뒤에야 알았지."

"네? 그럼 어째서…?"

맥스의 표정이 어두워졌다.

"원래 처음부터 그럴 생각이었어. 보통 이상한 화물 배달이 아니니까. 무언가 있을 거란 생각은 당연히 했고, 네 말이 사실일 거라고도 가정해 봤지."

"제 말을 믿어주신 것이군요!"

"아니 그냥 확률적으로…. 가장 안전한 길을 선택한 거야. 너를 동면 장치에 넣고 녀석을 죽이면, 내 목숨은 100퍼센트 안전해지거든…."

창은 커진 눈으로 맥스를 보았다. 그 말은 잭이 인간일 수 있다고 생각하면서도 죽였다는 것 아닌가.

"음…. 그래도 옳은 선택을 하셨군요. 안 그러셨다면 분명 안드로이드에게 살해당하셨을 겁니다."

의심의 화물 우주선

"끔찍하군."

절레절레 고개를 흔든 맥스에게 창이 말했다.

"제 목숨도 좀 부탁드립니다. 만약 이대로 목적지에 도착하게 되면 전 죽을지도 모릅니다."

"음….."

"제가 당신의 목숨을 구하려고 한 것은 제 목숨도 구하고자 함이었습니다. 부탁드립니다."

맥스는 고민하는 얼굴로 말했다.

"경로를 바꿀 순 없지. 난 목적지에서 기억 회복 시술을 받아야 하니까. 하지만 중간에 내려줄 수는 있을 것 같은데….."

"감사합니다! 그거면 충분합니다."

창은 환하게 웃었다. 맥스는 고개를 끄덕인 뒤, 물었다.

"근데, 이제는 설명해 줄 수 있지 않아? 이 화물 운송의 목적 말이야. 안드로이드도 죽었으니까."

"아! 네."

창은 굳은 얼굴로 설명했다.

"그들의 목적은 테러입니다. J-331 행성에 대한 테러 말입니다."

"뭐? 테러? 무기도 없이?"

"제가 무기입니다. 제가 전염병 숙주입니다."

"뭐 전염병?"

깜짝 놀란 맥스가 물러났지만, 창은 손을 내저었다.

"걱정하지 마세요. 죽는 병 아니니까. 감기만도 못한 병입니다.

또, 그렇게 쉽게 옮기는 병도 아니고요. 저랑 같이 살았던 사람도 안 걸렸을 정도입니다."

"아아…. 그런데 어떻게 테러를?"

"자세히는 모르지만, 제 몸에서 조금만 변이시켜도 전염성과 살상력을 극대화할 수 있다더군요. K-31 행성 사람인 제가 숙주가 되어 J-331 행성에 전염병을 퍼트리는 게 그들의 최종 목적입니다."

"으음. 그렇군."

창은 환하게 웃었다.

"솔직히 지금은 통쾌하네요. 그들의 음모를 이렇게 박살 내다니 말입니다. 어떻게 보면, 우리가 그 행성을 구한 영웅이나 마찬가지입니다."

"영웅이라…."

"아니, 우리가 아니라 당신이 영웅이죠. 무려 살상용 안드로이드를 저렇게 만들어놨으니까! 대단하십니다."

"뭐, 흠."

"흐흐. 저런 고성능 안드로이드가 아무 목적도 이루지 못하고 고철이 된 걸 보면, 그들의 표정이 어떨지 궁금하군요. 아 참! 목적지에 도착했을 때, 화물 수취인을 조심하셔야 합니다. 그들에게 살해당할 수도 있으니까 안전해질 때까지는 아무것도 모르는 척하는 게 좋을 겁니다. 시나리오를 만들어두는 게 좋겠습니다."

맥스의 표정이 굳었다.

"으음. 그래. 백방으로 조심해야지. 그럼 어떻게?"

"일단 저 안드로이드는 제가 죽인 것으로 하고, 당신은 아무것도 모르는 평범한 화물 조종사로 제게 협박을 당했다든가 변명하는 게 어떻습니까? 좀 더 구체적으로…."

*

며칠 뒤, 첫 번째 국경을 통과하자 맥스는 창을 내려주었다. 그동안 꽤 정이 든 그들은 웃음으로 작별했다.

"감사합니다. 다 맥스의 덕입니다."

"살 사람은 어떻게든 살아야지. 뭐, 어떻게 도망갈지는 몰라도, 잘 지내보라고."

"예. 맥스도 조심하시길 바랍니다. 그들의 계획을 다 망쳐놨다는 걸 들키지 말고 말입니다. 하하."

"하하하. 그래."

창을 내려준 맥스는 며칠 뒤 목적지인 J-331 행성에 도착했다. 보그나르 집하점에 마중 나온 직원에게 그는 운송 실패 보고를 했다.

"정말 이해할 수 없는 화물이었습니다. 저로서는 저항할 방법도 없었고 말입니다. 도대체 이 화물은 뭐였습니까? 아무리 극비라지만…."

"으음. 일단 변호사와 연락해야겠어. 자네는 가서 기억 회복 시술을 받고 좀 쉬고 있게나. 이봐! 와서 여기 안내해줘!"

맥스는 기억 회복 시술을 위해 이동했다. 창밖으로 보이는 행성의 풍경을 보며 웃었다. 자신이 이 행성을 구한 영웅이구나. 그 안드로이드를 죽이지 않았다면 지금쯤…. 이런저런 생각을 하며 꽤 걸었을 때, 보그나르 안내원이 말했다.

"다 왔습니다. 방 안으로 들어가시죠."

맥스는 안내원이 가리키는 방 안으로 들어갔다. 그 안에는 하얀 복장을 차려입은 의사가 맥스를 기다리고 있었다.

"안녕하십니까?"

맥스가 인사하며 다가가자, 의사가 말했다.

"비싼 안드로이드였는데 그걸 박살 냈구먼."

"예? 어엇?"

맥스의 두 눈이 커졌다. 뒤로 한 발 물러섰지만, 이미 그의 등 뒤로 검은 양복의 사내들이 둘러싸고 있었다.

"그래도 비싼 만큼, 임무는 확실히 수행했군. 대단해 역시."

"무, 무슨…."

"그냥 고철이 된 줄 알았는데, 데이터를 보니까 아주 멋진 일을 했더라고. 서로 피를 내보자고 했던가?"

"뭐…?"

맥스의 머릿속에 잭의 행동이 스쳤다.

[내가 제안할 게 있는데, 우리 셋이서 살짝 피를 내보는 게 어때? 인간은 피가 날 거 아니야!]

"서, 설마!"

"아무리 전염성이 약하다지만, 피라면 얘기가 다르지."

맥스의 얼굴이 새하얗게 질렸다. 의사는 웃으며 뒤에 서있는 남자들에게 명령했다.

　"신분이 화물 우주선 조종사인 게 조금 아쉽지만, K-31 행성 인간이니까. 데려가서 검사해 보고 바이러스를 변이시켜. 그리고 풀어줘. 이 행성에 끔찍한 전염병이 퍼지도록 말이야."

인류를 대표하는 최고의 인간

인류의 우주 진출을 코앞에 두고, 우주 연합국의 대표로 보이는 지적생명체가 지구에 메시지를 보냈다.

[인류를 대표하는 최고의 인간 하나를 뽑아라. 인류의 우주 진출이 가능할지, 우주 연합국에 심사를 받으러 갈 것이다.]

그 한마디에 인류는 분주해졌다. 처음으로 우주에 선보이는 지구의 대표를 뽑는 일을 허투루 할 순 없었다. 누군가 가장 먼저 제안했다.

"지구에서 가장 아름다운, 가장 잘생긴 사람을 뽑읍시다!"

"그렇지, 외모! 지구의 대표인데 아름다워야지!"

사람들은 고개를 끄덕였다. 각국의 영화배우나 미인들을 물색해 후보를 추렸다. 한데, 누군가 혀를 차며 말했다.

"에잉, 쯧. 외모라니! 당신들은 외계인을 봤을 때 미남, 미녀인지 아닌지 구별할 수 있었습니까? 외계인 눈에는 우리가 다 똑같아 보일 겁니다! 겉모습은 중요하지 않습니다!"

아뿔싸! 그의 말이 옳았다. 외모는 우리끼리나 중요하지, 우주에선 전혀 중요하지 않은 요소였다. 다음으로 누군가 말했다.

"그럼, 지구에서 가장 덩치가 크고 힘이 센 사람으로 보냅시다! 얕보이지 않게!"

"그렇지, 힘! 지구의 대표인데 강해야지! 인간이 만만하지 않은 생명체라는 걸 알려야 한다!"

사람들은 고개를 끄덕였다. 격투기 유단자부터, 올림픽 메달리스트까지 힘이 강한 사람들을 추렸다. 한데, 누군가 혀를 차며 말했다.

"에잉, 쯧. 인간이 아무리 덩치가 크고 힘이 세봐야, 코끼리보다도 못합니다. 지구에서도 약체인데, 그중에 추려봐야 우주에서 힘이나 쓰겠습니까? 그럴 거면 차라리 우주에 코끼리를 보내는 게 어떻겠습니까?"

아뿔싸! 그의 말이 옳았다. 힘은 우리끼리나 과시하지, 우주로 나가면 자랑거리가 되지 못할 확률이 높았다. 다음으로 누군가 말했다.

"그럼, 지구에서 가장 선한 사람을 보냅시다! 인류가 얼마나 선한 존재들인지를 보여주도록! "

"그렇지, 인격! 지구의 대표인데 착해야지!"

사람들은 고개를 끄덕였다. 현존하는 성인이라 불리는 전 세계의 선한 사람들을 추렸다. 한데, 누군가 혀를 차며 말했다.

"에잉, 쯧. 선과 악의 기준을 만든 건 우리 인간 아닙니까? 우주에서도 선악의 기준이 지구와 같을 거라고 생각하십니까? 설령 같다고 쳐도, 우리를 만만하게 보면 어쩌려고 그럽니까?"

아뿔싸! 그의 말이 옳았다. 우리끼리도 착한 사람은 항상 손해를 보고 살았다. 그럴 거면 차라리 이기적일지라도 똑똑한 유전자를 가진 사람이 더 나았다. 마침 누군가 말했다.

"그럼, 지구에서 가장 똑똑한 사람을 보냅시다! 무시당하지 않도록!"

"그렇지, 지능! 지구의 대표인데 지능이 높아야지!"

사람들은 고개를 끄덕였다. 전 세계에서 천재라 불리는 인사들이 후보로 추려졌다. 한데, 누군가 혀를 차며 말했다.

"인류의 지능이라고 해도 이제야 겨우 화성을 왔다 갔다 하는 수준인데, 외계인의 눈에는 다 갓난아기 수준일 겁니다. 오히려 아무런 장점이 없는 사람을 보낸 결과가 될 수도 있습니다."

그럼 도대체 누구를 보낸단 말인가? 사람들은 답답해졌다. 어느 정도 예상은 했지만, 단 한 명의 지구인을 고르기가 너무나도 쉽지 않았다. 그때, 누군가가 대충 제안했다.

"그냥, 말 잘하는 사람이나 보내는 게 어떻겠습니까?"

처음에는 어이없어 했다. 수많은 장점을 다 제쳐두고, 말 잘하는 사람을 뽑자니? 한데 생각하면 생각할수록 맞는 말 같았다.

"맞아! 우리끼리나 누가 더 우월한지를 따지지. 지구를 벗어나면 우리는 모두 다 똑같아."

"맞아! 차라리 낯선 곳에서도 떨지 않고 말이라도 잘하는, 그런 사람이 더 나을지도 몰라."

인류를 대표하는 최고의 인간

후보 고르기에 지친 인류는 그 의견에 동조했다. 그래서 인류는 말 잘하기로 유명한 사람들을 추렸다. 그중에서도 나름 젊고, 잘생기고, 똑똑하고, 선한 사람을 골랐다. 아무래도 그게 안전할 것 같으니. 그렇게 인류를 대표하는 최고의 인간이 선정되었다. 그는 곧바로 몇 가지 훈련과 교육을 받았다.

며칠이 지나 약속된 날이 찾아왔다. 외계인이 나타나 인류 대표를 이끌고 우주선에 올랐다. 전 인류는 기대에 찬 눈으로 '인류를 대표하는 최고의 인간'을 배웅했다. 그가 인류의 대표로서 우주 연합국에 최고로 좋은 인상을 남겨주기를 기대했다.

인류 대표가 외계인의 우주선을 타고 순식간에 다다른 곳은 다행히도 지구처럼 산소와 중력이 존재하는 행성이었다. 외계인의 안내로 어떤 건물에 들어가게 된 그는 깜짝 놀랐다. 그만이 특별한 하나의 존재가 아니었다. 자신처럼 심사를 받기 위해 기나긴 줄을 선 존재들이 가득했다.

인류 대표는 새삼 우주가 얼마나 넓은지 실감했다. 이렇게 각양각색으로 생긴 생명체들이 우주 연합국의 심사를 받고자 줄을 서다니? 매우 놀랐지만, 당황하지 않았다. 그는 지구에서 고르고 고른 인재였다. 어떠한 상황에서도 흥분하지 않고 능숙하게 대화를 이어나갈 준비가 되어있었다.

줄이 점점 줄어들자, 대표는 심사대 앞의 풍경을 확인할 수 있었다. 자신을 데려온 외계인과 똑같이 생긴 종족이 단상에 앉아 서류에 도장을 찍고 있었다. 한 명의 생명체가 그 앞을 통과하면, 단상에 앉은 외계인이 평가하고 서류에 도장을 찍어 넘기는 절차였다.

그 모습을 관찰하던 인류 대표는 긴장했다. 파란색 도장이 통과일까, 빨간색 도장이 통과일까? 도장에 따라 각각 들어가는 문이 달랐다. 지구 기준이라면 파란색이 합격이겠지만, 모를 일이다. 모르긴 몰라도, 인류의 대표로 뽑힌 입장에서 최선을 다하기로 마음먹었다.

드디어 인류 대표의 차례가 됐다. 지구에서 훈련받은 대로 정중하게 인사를 한 대표는 밝게 미소를 지으며 심사관을 올려다보았다. 그러고는 알아듣든 말든 번역이 되리라 생각하고 준비한 말을 쏟아냈다.

"안녕하십니까! 저는 저 멀리 태양계의 작지만 아름다운 별 지구에서 온 인류의 대표 김남우라고 합니다. 저희 인류의 역사는⋯."

심사관은 그가 떠드는 걸 무심하게 쳐다보다가 말이 끝나기도 전에 도장을 쾅 찍어버렸다.

"아!"

화들짝 놀란 인류 대표의 눈에 파란색 도장이 찍힌 서류가 들어왔다. 그는 더 말하고 싶어 입을 달싹거렸지만, 심사관은 귀찮다는 듯 손만 휘휘 내저었다. 다음 차례를 기다리는 줄이 길었다. 인류 대표는 안내를 따라 한쪽 문으로 들어갔다. 그곳에서는 수많은 생명체들이 비닐처럼 투명한 옷으로 갈아입고 있었다. 인류 대표는 본인에게 주어진 옷으로 갈아입으며 합격임을 직감했다. 의상을 제공해 준다는 것 자체가 이곳에 머물라는 의미가 아

　　　　　　　　　　인류를 대표하는 최고의 인간

니겠는가.

그는 지금 이 순간을 기점으로 인류에게 대우주 시대가 펼쳐질 것이며, 자신도 금의환향하리라는 장밋빛 미래를 기대했다.

*

작고 어린 외계인이 어머니의 손을 잡고 심사국에 견학을 왔다. 자신의 아버지가 도장을 '쾅! 쾅!' 내려치며 일하는 모습을 멀리서 지켜보았다.

[엄마! 아빠가 지금 일하고 있는 거예요?]

[응, 보이지? 지금 열심히 일하고 계셔.]

[쾅쾅 찍는 거 재밌어 보여요! 저게 무슨 도장이에요?]

[파란색 도장은 '식용'이라는 뜻이고, 빨간색 도장은 '비식용'이라는 뜻이란다. 파란색 도장이 찍힌 것들은 진공 처리하여 '샘플'로 보관되는 것이지.]

[아하! 맛있겠다!]

보그나르 은하 면책권

대낮의 대학로에서 살인을 저지르다니. 그 남자의 엽기적인 행각은 예사롭지 않았다. 차라리 영화 촬영이라고 해야 믿어질 만큼, 남자는 거대한 칼로 사람들을 베어 죽이고 다녔다. 놀이공원에서 게임이라도 하는 듯이 말이다.

황급히 출동한 경찰의 총구가 남자에게 향했을 때는, 그가 사람을 네 명이나 죽인 뒤였다. 남자는 순순히 무기를 버리고 양손을 들어 올렸다. 여유마저 느껴지는 웃음 띤 그의 모습은 보는 이에게 이질감과 공포심을 불러일으켰다.

경찰들이 그의 손에 수갑을 채우자 남자가 말했다.

"난 외계인입니다."

"뭐?"

"외계인이라고요. 그리고 자, 이 카드를 제시합니다."

그의 손에는 은빛 카드 한 장이 들려있었다. 경찰들이 어리둥

절해하자 남자가 말했다.

"보그나르 은하가 발급한 면책권입니다. 이 면책권을 가진 나는 어떠한 죄도 용서받을 수 있습니다. 면책권 발동을 요구하는 바입니다."

"뭐라고? 면책권?"

정신이상자인가 싶어 멀뚱히 쳐다보던 경찰들은 별안간 기겁하며 뒤로 물러났다. 남자의 표면에 홀로그램이 지지직대더니 복장과 생김새가 변하는 게 아닌가. 신비한 은빛이 일렁거리는 옷을 입은 그는 이마에 세 번째 눈이 달려 있었다. 경악한 경찰들을 향해 남자가 다시 은빛 카드를 내밀었다.

"보그나르 은하 면책권 발동을 요구하는 바입니다."

경찰들은 이 사태를 어떻게 해야 할지 알 수 없었지만, 일단 그를 경찰서로 연행해 가기로 했다. 처참하게 죽은 네 명의 시민이 지금도 저기 누워있었으니까.

외계인이 등장했다는 소식은 순식간에 전국에 퍼졌다. 그가 무고한 시민 넷을 죽이고 면책권을 내밀었다는 사실도 엄청난 화젯거리였다. 몇 시간 뒤 정부의 긴급발표까지 이어지자, 사람들은 외계인의 등장을 크게 실감했다.

"진짜 외계인이 존재한단 말이네. 와….."

"아니 근데 사람을 죽였어? 미친! 외계인의 침공 아니야?"

"면책권을 내밀었잖아. 침공보다는 개인적 일탈 같은데. 근데 면책권은 최악이다, 진짜."

온 국민이 외계인의 소식에 귀를 기울였다. 가장 궁금했던 것은 사람을 죽인 외계인에 대한 처우였다. 면책권까지 제시한 마당에 정부는 어떤 결정을 내릴 것인가.

한데, 경찰서에 연행된 외계인은 전혀 심각하지 않았다. 오히려 여유로웠다.

"배고픈데 짜장면 좀 시켜주시죠. 그게 맛있어서 이 나라에 온 겁니다."

형사들은 당황스러웠지만, 짜장면을 시켜줄 수밖에 없었다. 외계인을 보통의 범죄자처럼 함부로 대할 수는 없었다. 후루룩거리며 맛있게 짜장면을 먹는 외계인의 모습을 지켜볼 줄이야. 누구도 상상하지 못했던 상황이었다.

위에서 지시가 내려올 때까지 마냥 대기하기를 몇 시간, 드디어 정부 요원이 경찰서를 찾아왔다. 그는 외계인과 마주 앉아 긴장된 얼굴로 심문을 시작했다.

"정말 외계인입니까?"

"그렇습니다. 보그나르 은하의 다르 행성 출신으로, 제 이름은 오만입니다. 오만이라고 불러주시면 됩니다."

"알겠습니다, 오만 씨. 궁금한 게 있습니다. 외계인인데 이렇게 대화가 잘 통하는 이유가 뭡니까?"

"글쎄요. 제겐 너무 당연한 거라 설명하기가 힘들군요. 우주에는 언어의 장벽이 없습니다."

"아아. 예. 그럼, 지구를 방문하신 목적은 무엇입니까?"

"관광입니다."

"혼자입니까? 어떤 수단으로 오셨습니까?"

"혼자입니다. 개인 우주선으로 이동했고, 현재는 충전을 위해 외계로 나간 상태입니다."

고개를 끄덕이며 취조를 기록하던 요원은 자세를 가다듬고 조심스럽게 물었다.

"음…. 좋습니다. 그럼, 왜 그런 짓…. 왜 사람들을 죽였습니까? 인간을 향한 어떤 악의적인 목적이 있으신 겁니까?"

"인간을 향한 악의적인 목적은 없습니다. 단지 스트레스 해소를 위해서입니다."

"스트레스 해소?"

"여행의 목적이죠."

요원은 깊은 한숨을 내쉬었다.

"그게 정말 끔찍한 범죄라는 건 알고 계십니까?"

"네. 이해하고 있습니다. 하지만 제게는 보그나르 은하 면책권이 있으니까요. 활용할 수 있는데 활용하지 않는 건 바보짓이 아닙니까?"

그렇게 말하며 외계인은 은색 면책권을 꺼내 들었다. 요원은 명함 크기의 그것에 시선을 빼앗겼다. 은빛이 일렁대는 모습은 한눈에 보아도 지구의 재질이 아닌 것 같았다.

"제가 좀 만져봐도 되겠습니까?"

손을 뻗는 요원을 향해 외계인은 단호히 고개를 내저었다.

"안 됩니다. 면책권은 소지한 상태에서만 권한이 유지되는 겁니다."

"아…. 예. 알겠습니다. 그럼 촬영은 가능합니까?"

"그거라면 가능합니다."

요원은 면책권을 다각도로 찍으며 물었다.

"음각인지 양각인지…. 여기 뭐라고 쓰여 있는 거죠? 이게 그, 보그나르 은하의 언어입니까?"

"그렇습니다. 쓰인 내용을 말씀드리자면."

외계인은 목소리를 가다듬고 말했다.

"이 면책권을 소유한 자는 보그나르 은하계의 권한으로 모든 죄를 면제한다."

"아아…. 예. 그렇군요."

"말을 꺼낸 김에 물어봅시다. 제가 언제까지 여기 갇혀있어야 하는 겁니까? 면책권의 권한으로 저는 죄를 처벌받지 않는데, 이건 감금 아닙니까? 지구인들은 저를 이렇게 취급할 생각입니까?"

"예? 아, 그게…."

요원은 안색이 변할 정도로 당황했다. 정부 요원인 그는 외교적으로 최악의 경우까지도 상상해야만 했다.

"조금만 시간을 주시지요. 우리 인류는 외계인과의 조우가 처음이기에 어떻게 풀어나갈지 몹시 곤란해하고 있습니다."

"참 나! 좋습니다. 오늘은 그냥 이곳에 머물러 주겠습니다."

"어, 음. 일단 알겠습니다."

면담을 끝낸 요원은 재빨리 상부에 보고했고, 정부의 긴급회의가 열렸다. 이미 전 세계에 외계인에 관한 소식이 퍼졌다. 이제는 단순히 이 나라만의 문제가 아니었다. 각국에서 연락이 쉴 없이 쏟아지고 있었다.

관청의 불이 밤새 꺼질 줄 모르고 돌아가던 그 시각, 발 빠른 언론들도 이 사태를 보도하고 있었다. 어떤 경로로 입수한 정보인지는 모르겠으나 외계인의 면책권에 관한 이야기가 핵심이었다. 면책권의 발동 여부는 인류 전체가 토론에 참여할 정도로 뜨거운 감자였다.

"면책권? 웃기고 있네! 지구에 왔으면 지구의 법을 따라야지!"

"그렇게 쉬운 문제가 아닙니다! 인류 최초로 외계 문명과 접촉하는 일인데, 그를 처벌한다면 외계 문명과의 관계가 나빠질 겁니다."

"사망한 네 청년의 가족들을 봤습니까? 그들 어머니 아버지의 울음을 들어보았느냔 말입니다! 죄를 지었으면 죗값을 받는 게 당연한 법입니다!"

"아니 근데, 치외법권이란 게 있지 않습니까. 애초에 종족이 다른데 인간의 기준으로 법을 적용하는 것도 좀⋯."

"야생동물이 사람을 죽여도 그 동물은 사살됩니다! 종이 다른 게 무슨 상관입니까?"

"외계인이 야생동물과 같습니까? 그래도 외계인인데 예외를 적용합시다!"

전 세계적으로 보면 대체로 면책권을 인정하자는 의견이 많았다. 특히 강대국들이 은근한 압박을 가하기도 했다. 정부로서는 자국민이 살해당한 처지에 대놓고 눈감아주기가 곤란했지만, 국제 정세를 무시할 수도 없었다.

"인류가 처음으로 조우한 외계인입니다. 그의 잘못을 어느 정도는 눈감아줘야 합니다. 면책권이라는 명분도 있지 않습니까? 먼저 환대하고 정보를 캐내십시오."

이런 의견에 극심한 분노를 표하는 이들이 있었다. 유가족들이다. 그들은 각종 매스컴에 피를 토해가며 외쳤다.

"하나밖에 없는 내 딸이 짐승만도 못하게 살해당했습니다! 그렇게 고생하고 이제 막 대학에 입학한 애입니다!"

"이게 말이나 됩니까? 멀쩡히 길을 걷다가 살해당했는데! 처벌도 못 한다고요? 봐주라고요? 우린 외계인 그런 거 모릅니다! 우린 그딴 거 몰라!"

반정부 인사들은 이런 메시지를 더욱 열심히 퍼트렸다. 대통령의 성명을 촉구하는 여론도 들끓었다. 이런 상황 속에서 하루가 지났고, 외계인은 요구했다.

"인제 그만 나를 풀어주십시오. 내가 언제까지 여기 갇혀있어야 합니까? 여행자를 억지로 구금하는 건 어느 은하에서도 불법입니다."

어쩔 수 없이 국가는 그를 풀어주었다. 물론 그냥 풀어주진 않았다.

"일단 저희가 최고급 숙소로 모시겠습니다. 아침 식사는 좋아하시는 중식으로 준비해드릴까요?"

이런 모습은 또 자극적인 제목의 기사로 나갔다.

[살인자를 귀빈 대접한 정부… 이래도 되는 건가?]

해당 기사를 본 사람들은 눈살을 찌푸렸다. 문제는 더 심각했다. 경찰서를 나서던 외계인이 압수품을 돌려받자마자 기습적으로 경찰 한 명을 죽인 것이다.

"어제 들어왔을 때부터 이 사람이 기분 나빴어! 죽어!"

이런 그림을 상상조차 못 했던 관계자들은 기겁했다. 눈앞에서 동료를 잃은 경찰들이 흥분해서 총을 꺼냈지만, 그들을 막아선 건 같은 인간들이었다.

"총을 어서 내려요! 안 됩니다!"

"참으십시오! 큰일 납니다! 큰일!"

외계인은 태연하게 은빛 카드를 내밀었다.

"보그나르 은하 면책권 발동을 요구합니다."

"이이…!"

경찰들은 이를 악물었지만 물러나야만 했다. 정부 요원들은 급하게 외계인을 모셔 갔다. 물론 그들도 살얼음판을 걷는 심정이었다. 난데없이 날 죽이고 면책권을 들이대면 어쩐단 말인가? 이런 상황이 알려지자, 국내 여론이 다시 들썩였다.

"아니 이게 말이 되나! 외계인이면 맘대로 사람 죽여도 된다, 이 말이야?"

"이걸로 끝이라는 보장이 어디 있어? 면책권 또 들이밀면 어쩔 거야!"

흉흉한 분위기 속에서 정부는 몹시 곤란해졌다. 처벌은커녕, 이 나라에 붙잡아 두는 것만도 온 힘을 다해야 할 판이었다. 지금 이 순간에도 강대국들이 외계인 신병을 인도하라며 어마어마한 압박을 가하고 있으니 말이다.

정부는 세계적으로 저명한 학자들의 발언 중 자신들에게 유리한 것을 일부러 언론에 풀었다.

[외계인은 우주에서 온 자연재해입니다. 우린 자연재해를 처벌하지 않습니다. 오히려 인류는 외계인을 환대해야 합니다. 우린 외계의 문명이 우주를 건너올 기술력을 가졌단 걸 잊지 말아야 합니다. 고대 로마의 여권에는 이런 문구가 적혀있었습니다. '만약 지상이나 해상에서 이 여행자를 해칠 만큼 강한 자가 있다면, 그자로 하여금 로마 황제와 전쟁을 할 만큼 자신이 강한지 생각해 보게 할지어다.' 그를 처벌하고 싶다면 그 전에 우리가 보그나르 은하와 전쟁을 할 만큼 강한지 생각해 봐야 할 겁니다.]

[영화처럼 외계인을 감금해서 실험할 수 있을 것 같은가. 가소로운 상상이다. 저자의 힘을 보라. 외계인과 인간의 격차는 인간과 벌레 정도다. 모기 한 마리가 피를 빨아도 방 안 가득 모기약을 뿌리는 법인데, 저자를 해치면 지구가 말살될지도 모른다.]

이런 발언들은 여기저기 인용되며 여론을 바꾸었다. 인류를 위해서 몇 사람의 희생쯤은 감수해야 한다는 분위기를 만들었다. 이런 분위기에 힘입어 정부는 외계인의 환심을 사기 위해 노력했다. 하지만 외계인은 아침을 먹자마자 정부 요원의 수행을 거부했다.

"저는 자유롭게 돌아다니고 싶습니다. 자꾸 따라다니지 마십시오."

"예? 혼자 다니시겠다고요?"

"그게 여행 아닙니까? 자꾸 따라오면 제 자유를 억압하는 것으로 알겠습니다."

정부 요원들은 당황했지만 제압할 수는 없었다. 또 막아서면 난도질한 뒤 면책권을 내밀 게 빤했다. 정부가 어떻게 대처할지 논의하는 동안 외계인을 멀리서 감시할 수밖에 없었는데, 시내를 활보하는 외계인은 정말 안하무인이었다. 자신을 카메라로 찍던 한 시민에게 치명상을 입혔고, 아무 가게나 들어가서 물건을 훔치고 부숴댔다. 이제 사람들은 외계인이 보이면 도망가기 바빴다.

"근처에도 가지 마! 저 새끼 또 사람 죽이고 면책권 내밀 거 아니야!"

외계인의 행패는 밤새도록 계속됐다. 그 과정에서 또 사망자가 발생했지만, 누구도 어쩌지 못했다. 국민의 분노가 막지 못할 수준까지 솟구쳤다.

"처벌하지 못할 거면 차라리 어디 감금을 하든가! 저렇게 풀어놓고 뭐 하자는 거야!"

"죽은 사람만 억울하지! 사람 목숨이 다 뭐야. 면책권 쪼가리 하나만도 못한데!"

"저런 몰상식한 자가 외계 고등 문명에서 왔다고? 자기네 별에서도 쫓겨난 망나니인데 괜히 겁먹고 받아주는 거 아니야?"

설상가상, 강대국들이 외계인의 신병 인도를 요구하며 비행기를 띄웠다. 항공모함까지 동원된다는 소식은 국제정세에 긴장감을 높였다.

다음 날 아침이 밝자 정부는 궁여지책으로 선물 공세를 시작했다.

"인류를 대표하여 선물을 마련했습니다. 말하자면, 지구라는 행성의 특산품이라고도 볼 수 있습니다. 여행 선물용으로 좋은 것들이 많으니, 가서 좀 보시지 않겠습니까?"

"여행 선물이라? 알겠습니다. 한번 가서 봅시다."

"감사합니다. 분명 좋아하실 겁니다."

요원은 안도의 한숨을 내쉬었지만, 지금부터가 중요했다. 더는 인명 피해가 일어나지 않도록 어떻게든 통제된 공간에 잡아두어야만 했다. 사명감을 불태운 요원이 외계인을 에스코트하려던 그때, 차 뒤에 숨어있던 사내가 순식간에 튀어나와 외계인을 덮쳤다. 손쓸 새도 없이 사내는 외계인 위에 올라타 그 심장에 칼을 꽂았다. 화들짝 놀란 요원이 뒤늦게 남자를 밀쳐냈지만, 외계인의 가슴은 난도질당한 뒤였다.

"안 돼! 오만 씨! 오만 씨!"

요원은 급히 응급 처치를 하려 했지만, 외계인의 숨은 끊어져있었다. 분노한 요원이 사내를 윽박질렀다.

"이게 무슨 짓입니까! 당신이 지금 무슨 짓을 저지른지 아십니까!"

"알고말고! 억울하게 죽은 내 딸의 복수다!"

요원에게 소리친 사내는 빠르게 움직여 외계인의 품을 뒤졌다. 곧이어 올라온 그의 손에는 바로 그 카드가 들려있었다.

"면책권이요! 난 내가 저지른 이 살인의 면책권을 주장한다!"

보그나르 은하 면책권

"뭐?"

"보그나르 은하의 권한으로, 이 면책권을 소유한 자는 어떠한 죄도 사면이다! 국가는 물론이고, 보그나르 은하인들조차도 내게 죄를 묻지 못할 것이다!"

요원의 눈동자가 사정없이 흔들렸다. 그리고 잠시 뒤, 모두의 표정이 그와 같아졌다. 죽은 외계인에게서 은빛이 사라지자, 면책권의 은빛도 함께 사라졌다. 거기에는 이렇게 쓰여 있었다.

[홍콩반점. 쿠폰을 10장 모으면 짜장면이 공짜!]

인류는 할 말을 잃었다. 망연자실, 그가 놓친 홍콩반점 쿠폰이 바람에 날렸다.

역행 인류

인류가 이 사태를 정확히 깨닫는 데는 오랜 시간이 걸렸다. 지난 뒤에 보면 하루 만에도 파악이 가능한 일이었지만, 그때는 그럴 수 없었다.

인류의 시간이 거꾸로 흐르고 있다.

[과학자들의 연구가 사실로 밝혀졌습니다. 우리 인류는 하룻밤씩 시간을 역행하고 있습니다.]

철없는 늙은이들은 매일 어려지는 거냐며 좋아했지만, 그렇게 단순한 문제가 아니었다. 생물학적으로 몸이 어려지는 게 아니라, 시간을 역행하는 것이었다. 오늘 태어난 아이가 내일은 다시 어머니의 배 속으로 들어갔다. 오늘 죽은 이는 내일 다시 살아 돌아왔다. 인간의 모든 시간이 역행했다.

처음 이 사태를 알게 되었을 때, 분명 환호하는 이들이 있었다. 자신의 늙음을 저주했던 이들이나, 최근에 사랑하는 이를 잃은 사람들이었다. 특히 죽은 사람들의 부활은 커다란 충격이었다. 자살한 유명 연예인도 며칠이 지나자 다시 살아 돌아왔고, 살해당한 피해자도 살아 돌아와 직접 진범을 밝혔다.

이러니, 사태 초기에는 사람들이 심각하게 받아들이질 않았다. 멀리 내다볼 줄 아는 사람들이 열심히 떠들어야만 사람들은 겨우 조금씩 심각해질 수 있었다.

"시간을 역행한다는 건, 다신 아이가 태어날 수 없다는 말입니다! 계속 인구를 늘려왔던 인류가 처음으로 인구를 줄여가게 된다는 말이죠!"

"여러분은 지금 학생들의 입장에서 생각해 보셨습니까? 갓난아기가 어머니 배 속으로 다시 들어가는 것만 생각할 게 아니라, 초등학생, 중학생, 그런 학생들을 떠올려보십시오! 열 살이면 남은 수명이 10년이란 말입니다! 그 어린아이들이 지금, 죽을 날이 얼마 안 남은 노인 신세가 되었단 말입니다!"

인류는 '인류 역행 대책 위원회'를 만들 수밖에 없었다. 그러나 이런 사태가 일어난 이유도 원인도 알지 못하는 위원회가 할 수 있는 일이란 아무것도 없었다.

지금 인류는 바뀌어버린 시간 시스템에 적응하는 것밖에 방법이 없었다.

"정년의 기준이 바뀌어야 하는 거 아니야? 사회초년생들은 몇 년만 지나도 정년이 되는 거잖아."

"지금 병원에 입원 환자들이 없다던데? 어차피 하루하루 좋아지다가 언젠간 건강한 상태로 되돌아갈 테니까, 치료할 필요가 없다고 말이야."

"잠깐만, 젊은 인재들은 곧 소멸하잖아? 그럼 지금 중년들이 코딩 같은 걸 배워야 하나? 인재를 학교가 아닌 노인정에서 찾아야 할 시대라도 오는 거야 뭐야?"

"헐! 생각해 보면, 박찬호랑 박지성이랑 다시 현역이 되겠네! 각종 스포츠에서 레전드들이 뛰는 모습을 다시 볼 수 있잖아!"

"우와 내 꿈이 김광석의 공연을 직접 가보는 거였는데, 몇 년만 지나면 가능할지도?"

"난 지금도 그 가수가 자살했다고 생각하지 않아. 몇 년 뒤면 돌아와서 진실을 밝혀줄 거야."

당장 이 사태의 수혜자를 군이 고르자면, 중장년층이었다. 피해자는 당연히 청년들이다.

"평생 야구선수를 목표로 달려왔는데, 이게 뭡니까? 제 꿈은 어떻게 되는 거예요!"

"경찰 공무원에 겨우 합격했는데, 이거 취소되는 거 아니죠? 몇 년 일 못 한다고 자르는 건 불공평한 일이죠? 그렇죠?"

"중학교 들어간다고 가방도 다 샀는데 못 가는 거예요? 다시 5학년이에요? 왜요?"

사회적으로 몹시 안타까운 일이었지만, 방법이 없었다. 쉰 살이 넘은 사람들이야 인류의 평균 수명인 100년만큼은 살다 가는 것이었지만, 서른 살 이하로는 60년도 못 사는 것이었다. 그것도 성장기만 두 배인 삶으로 말이다.

어찌할 수 없는 이 사태에 인류는 체념했고, 이러한 청년들을

'과도기 세대'라 부르기 시작했다. 하필이면 재수 없게 걸린 그런 세대로 말이다. 사실, 이런 상황이 되었지만 당장 인류가 멸망할 일은 없었다. 새로운 아이가 태어나진 않았지만, 죽은 사람이 살아 돌아왔으니까. 어떻게든 사회적 시스템을 수정해 나간다면, 인류는 늘 그래왔듯이 이 사태에 적응할 수 있었다. 불쌍한 건 그저 청년들, 그 과도기 세대들뿐이었다.

그들을 제외한다면, 이 사태를 반기는 분위기마저 있었다.

"여러분 그거 아십니까? 인간은 지금 먹지 않아도 죽지 않습니다. 지금 당장 사고를 당해도 문제가 없습니다. 인간이 불사신이 되었단 말입니다!"

"카르페디엠! 현재를 살아라! 여느 때보다 이 말이 어울리는 시대입니다. 여러분, 오늘 하루를 즐기세요! 내일이 없는 것처럼, 실제로 우리에겐 내일이 없으니까!"

"저는 시간이 어서 흐르기만을 기다리고 있습니다. 치매이신 어머니가 나를 알아보실 테고, 사고로 죽은 누이가 돌아올 테고, 언젠가는 평생 사진으로만 보던 아버지를 만나 나도 아버지가 있다고 말할 수 있는 날이 올 테니까 말입니다. "

정부도 사회적 제도를 바꿔나갔다. 교육부는 이제 학생들을 위한 곳이 아니게 되었다. 노인 인구가 더는 국가의 짐이 아닌, 국가의 경쟁력인 시대였다. 출생률을 높이기 위한 정책은 모두 쓸모가 없어졌고, 그 외에도 각종 제도와 기준이 이 시대에 맞춰 급하게 개편되었다.

인류는 어떻게든 새로운 시대에 적응하려 발버둥 쳤지만, 절대 해결할 수 없는 문제를 깨닫게 되었다. 새로움의 부재다. 세상에 더는 새로운 탄생이 없었고, 잊힌 것들의 복귀로 가득했다. 그것들을 그리워하던 옛 세대에게는 전혀 문제가 없었다. 이 문제에 대해 목소리를 높이는 건 오직 과도기 세대들뿐이었다.

"문화 예술 전반에 걸쳐서 퇴보하고 있는데, 이걸 왜 아무도 이상하다고 하지 않는 거야?"

"50년 뒤에도 힙합이 존재할 수 있을까?"

"그 작가의 작품이 용서받을 수 있었던 이유는, 그 시절에 나왔기 때문이다! 그런데 현역 복귀라니? 그 수많은 불편한 지점들을 어떻게 참으란 말인가! 지금은 2020년이란 말이다!"

그러나 그런 과도기 세대의 목소리는 시간이 흐를수록 줄어들 수밖에 없었다. 매년 그 세대들은 조금씩 소멸하고 있었다. 원래 존재하지 않았던 존재들이 되어갔다.

"어차피 그 세대는 30년을 못 갈 세대다. 앞으로 지구를 살아갈 세대들, 그들이 바로 미래다. 그들의 취향과 문화가 돌아오는 게 무슨 문제일까?"

현실적으로, 합리적으로, 그 세대는 조용히 사라져갔다. 미래가 보이지 않는 암흑 속에서, 꿈을 이루지 못하는 괴로움 속에서, 고통 속에서, 그 세대는 점점 사라졌다. 누구도 그들을 기억하지 않았다. 원래 없었던 것처럼, 그 세대를 기억하지 않았다.

수십 년 뒤. 대부분 있는 줄도 몰랐던 '인류 대책 위원회'가 드디어 역행 사태의 진실을 발표했다.

[먼저, 인류에게 이 충격적인 사실을 전할 수밖에 없음에 깊은 유감을 표합니다. 검열된 논문에서 우연히 이 사태의 실마리를 찾아냈습니다. 그 결과, 매우 합리적인 결론을 내렸습니다.]

전 세계 인류가 지켜보는 가운데, 인류 대책 위원회는 침통한 얼굴로 설명했다.

[기술의 발전이란 게 어떨 때는, 우연의 산물이라는 걸 아십니까? 같은 시기에 어느 문명은 하늘을 날아도 화약을 모를 수 있고, 어떤 문명은 화약을 쓰면서 하늘을 날지 못할 수도 있습니다.]

그의 다음 말은 전 인류를 충격에 빠뜨렸다.

[우리는 인간이 아닙니다. 우리는 시뮬레이션입니다. 우리에게 허락된 문명은 2020년까지였습니다. 2020년까지 문명을 발전시킨 우리는 지금, 데이터를 거슬러 '검토' 당하는 중입니다. 이 시뮬레이션을 통해 저 바깥, '진짜' 인류는 혹시라도 모를 우연의 산물을 찾고 있는 겁니다. 그들에게는 전혀 시간 낭비가 아닐 겁니다. 실제로 우리의 수백 년이 그들에게는 불과 몇 분의 시뮬레이션에 불과할 수도 있으니까 말입니다….]

인간은 규칙을 어겼다

'인간은 규칙을 어겼다.'

인류가 겨우 알아낸 답이었다.

어느 날 갑자기 모든 생물이 인간을 적대하기 시작했다. 집에서는 애완동물들이 주인을 공격하고, 밖에서는 날아다니는 짐승들이 인간을 습격했다. 세계는 대혼란에 빠졌다.

[동물원의 동물들이 미쳐 날뛰고 있습니다! 사육사 A씨는 현재 병원에 이송 중인 것으로….]

[갈매기 떼가 어선을 공격하여 김모 씨 외 3인이 큰 부상을 당했고….]

[국민 여러분! 지금 당장 모든 애완동물을 격리해야 합니다! 특히 어린아이가 있는 집은….]

[청설모와 뱀 등이 등산객들을 습격하고 있는 것으로 알려져….]

[아쿠아리움의 물고기들이 인간을 보고 흥분하여 유리 벽에 머리를 부딪치는 모습이….]

도심 속 사람들은 들개와 길고양이, 비둘기, 어디 숨어있을지 모를 쥐 떼의 공격을 피해 도망 다녀야 했다. 게다가 곤충들도 있었다. 개미도 인간을 보면 물기 위해 몰려들었고, 벌과 모기도 공격적으로 날아들었다. 모든 생물이 인간만 보면 철천지원수처럼 적대했다.

그로 인해 인류는 어마어마한 피해를 보았다. 물론 각종 무기와 기술로 둘러싼 인류가 멸망할 일은 없었지만, 그래도 엄청난 피해였다. 어느 정도 상황이 진정되자 인류는 이 사태의 원인을 찾으려고 했다. 하지만 뚜렷한 원인을 찾을 수 없어 추측만 난무할 뿐이었다.

"신이 드디어 인간을 벌하는 겁니다! 신이 아니고서야 이런 일이 가능합니까?"

"외계인이 지구를 침공한 것 아닙니까? 그 어떤 고성능 무기보다 손쉬운 방법이잖습니까."

"지구가 하나의 생명이란 설 아십니까? 지구에 우리 인간은 바이러스겠지요. 지구가 지금 솎아내기를 하는 겁니다!"

"어느 국가에서 비밀리에 연구하던 생화학 무기가 잘못되어 노출된 것 아닙니까? 지금 공기 중에 생물을 자극하는 어떤 페로몬이 떠돌고 있을 겁니다."

그 어떤 추측도 정확하지 않았고, 시간이 흘러도 사태는 나아지지 않았다. 오히려 상황이 점점 더 심각해지고 있다는 것만 밝혀졌다.

[세상에! 식물도 인간을 공격하고 있습니다!]

움직이지 못하는 식물들도 그들 나름의 방법으로 인간을 적대하고 있었다. 인간이 재배하는 작물들이 일부러 성장을 거부하거나 심한 경우 병충해로 시들었다. 익어가며 독성이 사라져야 할 과실들은 오히려 더욱 독성을 강화했고, 지독한 악취를 풍기기도 했다. 식량 문제는 인류에게 심각한 일이었다. 이제야 정말 인류가 멸망할지도 모른다는 위기감이 조성되었다. 사태 해결을 위한 초국적 공조가 이루어졌고, 드디어 인류는 실마리를 얻게 되었다.

[인간은 규칙을 어겼다.]

세계에서 가장 똑똑한 고릴라로 알려진 '쿠쿠'가 단어 카드의 조합으로 인류에게 내보인 경고였다. 뒤이어 회색앵무 중 하나가 인간을 공격하며 똑같은 말을 한 게 밝혀졌다.

"인간은 규칙을 어겼다! 인간은 규칙을 어겼다!"

이 경고가 전 세계에 알려지자, 사람들은 되물었다.

"도대체 인간이 뭘 어겼다는 거야?"

이 사태의 해결 방법은 하나뿐인 것 같았다. 인간이 어긴 규칙을 다시 지키는 것. 그렇다면 과연 그게 무엇일까? 인류의 쇠락을 막기 위해선 무조건 알아내야만 했다.

누군가 가장 먼저 그럴듯한 이유를 꺼냈다.

"인간이 규칙을 어긴 게 뭐가 있겠습니까? 당연히 자연을 망가뜨린 것 아니겠습니까? 당장 벌목을 중지하고, 친환경적이지 않은 산업도 모두 중지, 동물 사냥 금지에다가 동물원 동물 해방

등등, 자연을 해치는 모든 행위를 금지해야 합니다!"

모두가 동의할 만큼 인류가 이미 알고 있던 잘못들이었다. 생태계를 파괴하는 행위에 국제적인 제재가 들어갔다. 당장 자신도 피해를 보고 있으니 그 규칙을 어길 사람은 많지 않았다. 모든 인류의 협동으로 자연 친화적인 환경이 조성되었다. 하지만.

"망할! 도대체 왜 아직도 인간을 적대하는 거냐고!"

시간이 흘러도 사태가 해결되지 않았다. 인간이 어긴 규칙이 다른 것일까? 새로운 의견이 나왔다.

"육식을 자제합시다! 모든 동물은 자신이 필요한 만큼만 사냥해서 먹습니다. 인간은 지금 필요 이상으로 과잉 도축하고 있습니다! 그거야말로 자연의 규칙을 어긴 것 아니겠습니까? 육식을 자제합시다!"

전 세계적으로 도축이 줄었다. 거기서 의견은 더 나아갔다.

"따지고 보면, 인간이 곡식을 재배하고 가축을 기르는 것도 자연스럽지 않은 행위입니다! 곡물 가격을 유지하기 위해 수확한 곡식을 일부러 바다에 폐기하는 사실을 아십니까? 자기 몸집만 한 철창 안에 빼곡히 들어선 닭들을 본 적이 있습니까? 소의 내장을 갈아서 만든 사료를 소에게 먹이는 걸 본 적이 있습니까? 인위적으로 가두고, 도축하고, 재배하는 게 자연의 규칙을 어긴 행동 아니겠습니까! 인류는 수렵채집사회로 돌아가야 합니다. 자연은 자연 그대로여야 합니다!"

인류는 사태 해결을 위해서 지푸라기라도 잡아야 했다. 최후의 저항이었던 방목형 농장이 사라지는 것을 끝으로 인류의 농업은 중단됐다. 그러나 동물들의 적대는 사라지지 않았다. 좀 더 고차원적인 가설이 나오기 시작했다.

"규칙을 어겼다는 말뜻을 모르시겠습니까? 생물 복제와 유전자 변형, 생명공학을 규탄하는 겁니다. 일개 인간이 순리를 거스르다니, 감히 신의 영역에 도전한 것이야말로 규칙을 어긴 것 아니겠습니까!"

당장 전 세계의 모든 생명공학 연구가 중단되었다. 하지만 사태는 전혀 해결되지 않았다.

다음 가설은 한 가지 이슈로부터 시작되었다.

"사태가 벌어지기 며칠 전, NASA는 화성을 지구화하겠다는 '화성 테라포밍 계획'을 발표했습니다. 인간이 지구를 버리고 우주로 진출하려고 해서 그런 것 아니겠습니까? 지구가 배신감에 분노한 것입니다. 지구의 생물이 다른 행성으로 진출하는 건 명백히 우주의 규칙에서 벗어난 행동이겠지요!"

긴가민가한 논리였지만, 당장 모든 우주 관련 사업이 취소되었다. 그럼에도 불구하고 인간 적대는 멈춰지지 않았다.

답답했던 인류는 정말 뭐든지 시도했다. 우스갯소리로 인류가 겨우 숨만 쉬어야 사태가 풀릴 거라는 말이 나올 정도였지만, 해결책이 없었다.

도대체, 인간이 어긴 규칙이 무엇이란 말인가?

그 해답을 찾기 위해 꾸준히 연구 중인 곳이 있었다. 세상에서

인간은 규칙을 어겼다

가장 똑똑한 고릴라 쿠쿠를 데려간 그 시설 말이다. 그곳에서 드디어 동물의 말을 번역하는 기기를 발명해냈다. 정확하게는 쿠쿠에 한정된 번역기였지만, 그것만으로도 충분했다. 드디어 인간이 어긴 규칙이 무엇인지 물어볼 수 있었으니까.

며칠 뒤, 전 인류가 주목하는 가운데 드디어 쿠쿠의 대답이 번역되었다.

[인간은 규칙을 어겼다.]

"도대체 인간이 어긴 규칙이 무엇인가? 이제 우리 인간은 자연을 파괴하지도 않고, 무분별한 살육을 행하지도 않는다. 자연의 순리를 거스르는 일도 그만뒀고, 지구를 배신하고 떠나는 일도 없을 것이다. 도대체 인간이 어긴 규칙이 무엇이란 말인가? 아니면 이미 되돌릴 수 없는 잘못인 건가?"

[인간이 동식물을 지배해도 상관없다. 자연을 파괴해도 상관없다. 약육강식의 세계에서 그 모든 것은 자연스러운 일이다. 인간은 유일한 규칙을 어겼다. 인간은 장례를 한다.]

"뭐?"

[인간은 시체를 매장하고 불태운다. 살아있을 때야 무슨 짓을 하든지 상관없지만, 죽었을 땐 약육강식의 가장 밑바닥이 되어야 한다. 관에 담아 묻는 것도 모자라 화장까지 하는 건 죽어서도 생태계에 쓸모없는 존재가 되는 것이다. 모든 생물은 공평하게 다른 생물들의 양분이 되어 순환해야 한다. 그것이 세상의 유일한 규칙이다. 인간은 그 규칙을 어기고 있다.]

"…."

모든 이들의 표정이 흐리멍덩해졌다. 그런 이유였다니.

인류는 장례를 그만둬야 한다는 답을 찾았지만, 실천은 쉽지 않았다. 전통, 종교, 도리 등등의 이유로 말이다. 초국적 법으로 규제해도 장례 문화는 쉽게 없어지지 않았다. 그나마 티베트의 조장이나 풍장 같은 장례 형식이 대안으로 받아들여지면서 마지못해 천천히 변화할 수 있었다.

그 어느 때보다 시간이 걸렸지만, 점차 인류의 이기적인 장례 문화가 사라졌다. 비로소 인간은 죽어서 짐승의 먹이가 되고 흙으로 돌아갔다. 세상도 원래대로 돌아갔다.

인간은 다시 규칙을 지켰다.

인간은 규칙을 어겼다

인공지능 가상현실 게임

"남우야! 너 요즘 왜 이렇게 뜸했어?"

요즘 왜 이렇게 뜸했냐고? 소식 못 들었어? 좋아, 내 입으로 말하긴 좀 그렇지만 흥미로운 이야기 하나 해줄게. 네가 작가 지망생이니까.

"오 좋지. 뭔데?"

인공지능 가상현실 게임 〈보그나르〉 알지?

"알지. 그거 집에 장치 설치하는 것만 해도 거의 1년 연봉은 들어가잖아. 설마, 그걸 샀어? 그거 샀으면 뜸한 거 인정이지."

맞아. 그거 샀어. 1년 연봉 더 들어갔지. 퇴사한 김에 나한테 큰 선물을 해주고 싶더라고.

"와 대박! 나도 한 번만 시켜주라! 아, 그거 개인 등록제였나?"

일단 내 이야기를 들어 봐. 너도 알다시피 〈보그나르〉의 독자적인 인공지능 기술은 세계 최고잖아? 그래서 게임의 수준이 정말 미쳤다는 말도 나오고.

"어어. 나도 자세히 들은 건 아닌데, 〈보그나르〉는 게임 스토리가 따로 있는 게 아니라며? 인공지능이 게임을 창조한다면서?"

맞아. 그래서 〈보그나르〉는 평생 질리지 않을 수 있는 거야. 오직 나만을 위한 업데이트가 실시간으로 이루어지니까, 재미가 없으려야 없을 수가 없는 시스템이지.

처음 〈보그나르〉를 설치하고 실행했을 때, 그 감동은 정말 장난 아니었어. 침대를 버리고 그 안에서 잠까지 자고 싶을 정도였다니까.

정말 오랜만에 두근거리는 게임이었어. 접속 후 조금만 기다리면 인공지능이 내게 맞는 게임을 알아서 만들어주는데, 내가 할 일은 딱 하나뿐이야. 중독 정도 설정이지.

"중독 정도 설정?"

어. 〈보그나르〉의 인공지능은 설정된 중독 정도에 따라 다른 게임을 만들어. 단계는 네 가지야.

중독성 '낮음', '보통', '높음', '매우 높음'.

만약 내가 '낮음'을 설정한다면, 큰 중독성 없이 간단히 즐길 수 있는 게임이 만들어져. '보통'으로 하면 한두 시간 즐길 만한 게임, '높음'으로 설정하면 밥 먹는 걸 잊을 정도로 재밌는 게임이 나와. 만약 '매우 높음'에 설정한다면? 온종일 붙잡고 있을 정도로 엄청나게 재미있는 게임이 나오는 거지.

"굉장히 합리적인 시스템이네. 직장인은 '낮음'이나 '보통'으로 설정하면 되니까."

인공지능 가상현실 게임

그래. 난 일단 퇴사했으니까 무조건 '매우 높음'을 하려고 했지. 근데 그 전에 내가 정보를 검색하다가 발견한 게 있었거든? 비공식 불법 패치. 중독 정도를 '무한정 높음'으로 설정할 수 있는 패치 말이야!

"'무한정 높음'이라고?"

어. '매우 높음'만 설정해도 종일 계속하고 싶은 엄청난 게임이 만들어지는데, '무한정 높음'이라면 얼마나 재밌는 게임이 만들어지겠어? 그래서 난 그 패치를 불법으로 설치한 뒤 '무한정 높음'을 설정했어.

인공지능은 순식간에 게임을 만들기 시작하더라. 어느 순간, 난 판타지 세계의 마법 학교에 떨어져 있었어.

"오! 재밌었겠다."

정말 재미있었어. 시간 가는 줄 모르고 즐겼지. 무엇보다 거기서 친구를 사귀는 게 너무나도 재미있는 거야. 알지? 인공지능이 사람보다 더 사람다운 거. 진짜 푹 빠져버렸어. 어느 정도냐면, 자동 영양 섭취 시스템까지 정기 결제했다니까?

"자동 영양 섭취 시스템이라면, 아무것도 안 먹고 장치 안에 누워만 있어도 알아서 건강관리를 해주는 그거?"

그래. 그것만 있으면 일주일 내내 아니, 영원히 〈보그나르〉에 접속해 있어도 상관없지. 이 몸이 그걸 결제했다는 거야.

"너 설마…. 그래서 요즘 안 보였던 거야?"

그렇다고도 할 수 있지. 근데 아무리 중독성이 심하다고 해도 난 성인이잖아? 어릴 때면 몰라도 며칠 내내 게임만 한다는 건 말이 안 되지. 적당히 자제하면서 했어.

물론, 게임은 정말로 너무 재미있었어. 근데 아까 말했다시피, 〈보그나르〉의 인공지능은 실시간 업데이트를 하잖아? 언젠가부터 조금씩 이상함이 느껴지더라.

"이상함이라니?"

여기서부터 소설 소재니까 잘 들어. 처음에 내 배경은 마법 학교였잖아? 거기서 게임을 계속 즐기다가 어느 순간부터는 내가 서울에서 활동하고 있더라고?

"서울?"

난 전혀 어색함을 느끼지 못했어. 게임의 흐름이 너무나도 자연스러웠거든. 그래서 난 서울을 배경으로 한 게임도 푹 빠져 즐겼어. 가끔 아는 얼굴을 볼 땐 반갑기까지 했지.

그러다 게임의 주 무대가 우리 동네가 되고, 난 자연스럽게 내 집에서 생활하게 되었어.

넌 요즘 나보고 왜 이렇게 뜸하냐고 했지만, 난 게임 속에서 너희랑 자주 만나서 전혀 그런 걸 못 느꼈거든?

"뭐라고? 나도 NPC로 복사했어?"

솔직히 말하면 게임 속 네가 더 매력적이야.

"뭐 인마?"

그만큼 현실과 구별이 안 될 정도로 모두 진짜와 똑같았단 거지. 아무튼, 이때까지만 해도 난 정말 〈보그나르〉의 인공지능이 대단하다고 감탄하기만 했어. 왜 그런 말 있잖아? 튜닝의 끝은 순정이라고. 가장 재밌는 게임을 만들다가 내 현실을 만들었구나!

인공지능 가상현실 게임

"아하! 〈보그나르〉 인공지능이 생각하기에 네가 가장 재미있어하는 게임이 네 삶이라고?"

그래. 정말 천재적인 인공지능이구나, 하고 그때의 난 그렇게 생각했어. 그런데 어느 날 문득 변화의 방향이 좀 이상하다고 느꼈지. 그러니까, 실시간으로 변하는 게임의 메타가 점점 과하게 현실적으로 되어간다고 해야 하나?

"예를 들면?"

마법이 불가능해지는 거지. 난 분명 마법 학교 출신인데 말이야. 근데 그것도 너무 자연스러운 흐름으로 변해서 전혀 이상하다는 생각을 못 했어. 그리고 게임 속에서 일어나는 이벤트들도 묘하게 현실적이더라. 괴물의 등장 같은 이벤트가 아니라 연예인과의 만남 같은 이벤트가 일어나.

"오! 그거 좋은 거 아니야?"

좋지. 그러니까 재밌는 거고. 아무 생각 없이 즐기기만 하다가 언제 내가 정신이 번쩍 들었냐면, 현실과 게임이 헷갈리기 시작하면서부터야.

"현실과 게임이 헷갈린다고?"

그래. 이제 게임이 현실과 너무 똑같아져서, 내가 지금 게임에 접속해 있는 것인지 현실에 있는 것인지 헷갈리기 시작하는 거야. 그때 가장 소름 끼치는 게 뭔 줄 알아?

"뭔데?"

가상현실 안에서도 〈보그나르〉 게임을 할 수 있단 거야. 말하자면 가상현실 안에서 가상현실에 접속하고, 게임을 종료하고 현실이라 착각하지만, 난 여전히 가상현실 속인 거지.

"헐 그거 무섭다."

그때서야 겨우 깨달았어. 인공지능은 최고로 재밌는 게임을 만든 게 아니라, 나를 속여서 계속 붙잡아 두기 위한 게임을 만든 거란 걸! '무한정 높음' 난이도를 설정한 내가 인공지능 괴물을 만들어버린 거야!

"와 미친, 소름 돋아!"

그러니까! 겨우 게임에서 탈출한 뒤에는 한동안 접속을 못 했어. 게임을 초기화하고 싶어도 먼저 접속해야 하는데, 그랬다가는 무슨 짓을 당할지 알 수가 있어야지. 이미 이 인공지능은 수단과 방법을 가리지 않는다는 걸 알았잖아. 그렇다고 이대로 게임을 버리기에는, 아니 생각해 봐, 내가 들인 돈이 얼만데!

〈보그나르〉는 개인 맞춤이라 중고로 팔 수도 없다고! 그나마 1년 안에는 위약금을 물고 반품할 수 있긴 한데···. 문제는 내가 불법 패치를 깔았다는 거야. 정책 위반이라서 반품이 안 되거든. 그 패치를 없애려면? 게임에 접속해야 하고! 아주 미치겠는 거지!

"아이코. 그래서 어떻게 했는데?"

그래서 어떻게 할까 생각하다가, 그놈이 생각나더라고. 너 두더지 알지? 우리 대학교 동창. 그놈이 이런 쪽으로 천재잖아.

"두더지! 그래서?"

겨우 연락해서 상담했지. 그놈이 내 얘기를 다 듣고는 그러더라고.

[흠. 그냥 안 하는 게 정답이야. 돈 몇 푼 때문에 그거 다시 하다가 영영

인공지능 가상현실 게임

밖으로 못 나올 수도 있다.]

이어서 하는 말이 정말 무섭더라고.

[그 인공지능은 너무 위험해. 네가 이번에 빠져나간 걸 걔는 '놓쳤다'고 생각할 거다. 실패인 거지. 만약 다음에 네가 다시 접속한다면? 최악의 경우 너를 영영 못 빠져나가게 하려고 네 뇌를 녹여버릴지도 모른다. 네 뇌 데이터를 모두 복사해서 서버에 옮겨둔 다음에 말이지.]

"미친!"

너무 무섭잖아. 그렇다고 그냥 포기하기에는 돈이 너무 아깝고. 어떻게든 방법이 없겠냐고 물었더니, 두더지가 한숨을 쉬면서 말하더라.

[네가 패치를 삭제하고 게임에서 나갈 때, 과연 이게 진짜 나간 것인지, 아니면 인공지능이 나간 것처럼 꾸민 것인지 판단할 수 없을 거다. 이미 현실과 게임이 똑같다며.]

맞는 말이었어.

[내가 백신을 하나 줄 테니까, 그걸 본체에 꽂은 뒤 접속해라. 그러면 이게 가상현실인지 알아낼 수 있을 거다. 사실 〈보그나르〉를 건든다기보단 이용자를 건드는 건데…. 뭐, 해보면 알아.]

"오 어떻게 알 수 있는 거야?"

궁금하지? 나도 그랬는데 그놈이 그냥 써보면 바로 알 수 있대. 그러면서 신신당부하더라.

[그냥 접속 안 하는 걸 추천하지만, 그래도 정 하겠다면, 백신을 넣고 10분 안에 처리해라. 인공지능에게 백신을 들키면 끝장이니까.]

"10분? 그래서 10분 안에 해냈어?"

너무 떨리더라. 보통 소설이라면 여기서 내가 어리석게 시간 낭비하고 뭐 해야 하는데, 내가 그런 멍청이는 아니잖아? 백신을 넣고 접속하자마자 5분 안에 불법 패치 삭제하고 튀었어. 으하하하.

"아이고. 아쉽네. 잡혔어야 이야기가 좀 되는데."

이 새끼가 아쉽기는! 아무튼, 그래서 곧바로 〈보그나르〉에 반품 신청했고 오늘 회수팀이 오기로 했어. 근데 위약금이…. 으, 쓰다 써.

"좋은 공부한 거지 뭐. 근데 정말 흥미로운 소재는 맞네. 이거 내가 소설로 써도 되는 거지?"

그래. 그 대신 잘되면 나도 좀 챙겨주고.

"당연하지. 참, 근데 그거 궁금한데? 두더지가 말한 그거. 접속해서 보면 바로 알 수 있었단 게 어떤 거야?"

어. 그거! 이게 진짜 웃긴 얘기야. 흐흐흐. 그 백신을 맞으면 인공지능의 감정 표현이 망가지는 거더라고. 치열이랑 무정이랑 그 새끼들 만나기만 하면 맨날 싸우는 거 알지? 이놈들이 또 싸움 나서 멱살 잡고 쌍욕 하는데 글쎄, 서로를 막 사랑스러운 얼굴로 쳐다보는 거야! 키스하기 직전의 표정 알지? 그 표정으로!

"으하하하! 치열이랑 무정이가?"

어어. 그러니까. 근데 친구야, 이거 되게 웃긴 얘긴데, 왜 울고 있어…?

인공지능 가상현실 게임

지구 인류 조절

"빌어먹을! 난 그냥 열차에 탔을 뿐이라고! 내가 무슨 죄를 지었다고!"

사람 없는 새벽, 열차에 탄 게 잘못일까? 터널을 통과하던 열차가 이상한 곳으로 순간이동 했다.

믿을 수 없지만, 현재 차창 밖으로 보이는 풍경은 우주에서 내려다보는 지구의 모습이었다.

콧수염이 짙은 중년 사내 두석규, 야구 모자를 눌러 쓴 청년 공치열, 안경 쓴 마른 사내 최무정. 셋은 창밖 우주가 아닌, 열차의 천장을 바라보고 있다. 천장에는 온도계를 닮은 게이지 바와 함께 이런 글씨가 쓰여 있다.

'지구 인류 조절'.

그것이 무엇을 의미하는지, 그들은 이미 알고 있었다. 어째서 이러한 상황이 펼쳐졌는지도 알고 있었다. 알 수 없는 어떤 '존재'의 설명이 머릿속으로 직접 주입되었다.

[지구에 인간이 너무 많다고 생각한 '존재'는 인구수를 조절하기로 했다. 인구수 조절은 당사자인 인간의 손에 맡길 것이며, 당신들은 인류 대표로 선택받은 자다. 현재 당신들이 있는 곳은 시간이 정지된 공간이며, 원래 세계로 돌아가려면 천장의 게이지가 꽉 찰 만큼 인류를 줄여야 한다. 줄이는 방법은….]

"빌어먹을! 머리가 깨질 것 같군! 모두 같은 내용을 들은 거야? 이거 진짜야?"

두석규가 인상을 찌푸리며 머리를 짚자, 다른 두 사람이 고개를 끄덕였다.

"무서운 내용이죠. 우리가 대량 학살을 저질러야 하니까요."

"빌어먹을!"

"글쎄요. 학살이라기보다는 정의가 될 수도 있습니다."

"정의?"

최무정은 자신을 돌아보는 두 사람에게 말했다.

"지금 우리는 마치 신처럼, 어떤 인간을 죽일지 고를 수 있잖습니까? 전 세계에 극악무도한 악인들을 청소할 기회입니다. 예를 들어 '사람을 죽인 사람은 다 죽는다'라고 정하는 겁니다."

"음."

두석규는 미간을 좁히며 생각에 잠겼고, 공치열은 반박했다.

"그, 그래도 우리 손으로 사람을 죽이는 거잖아요? 전 끔찍해요. 그리고 신중해야죠. 체포 현장에서 부득이하게 범인을 죽인 경찰도 장치는 사람을 죽인 사람이라고 인식할 겁니다."

"아. 조건은 섬세하게 설정해야겠죠. 예상 밖의 피해자가 절대 발생하지 않도록 말입니다."

"그리고 너무 과하게 죽지 않도록 조심히요. 저 게이지만 채우면 되는데, 그것보다 더 많이 죽일 필요가 없잖아요. 저는 대량 학살의 살인마가 되고 싶진 않아요. 그 대상이 아무리 악인이더라도요."

두석규도 공치열의 말에 동의했다.

"나도 마찬가지야. 저 게이지의 최대치가 10만 명일 수도 있는데, 괜히 100만 명을 죽일 필요는 없잖아."

최무정도 고개를 끄덕였다.

"저도 그렇게 생각합니다. 그러면 섬세하게 설정해 봅시다. 한 번에 게이지를 채울 생각하지 말고 쌓아가죠."

"그럼 뭐, 어떤 조건을 말해볼까?"

세 사람은 잠시 생각에 잠겼다. 잠시 뒤, 공치열이 말했다.

"이거 어때요? '100명 이상 사람을 죽인 인간은 죽는다'요. 이 정도면 솔직히 다 나쁜 인간들 아니겠어요?"

"전쟁 영웅 같은 경우는 어떻게 합니까? 그도 인간을 많이 죽였으니까 악인으로 쳐야 합니까? 애매하다고 생각하는데 말입니다."

"아…."

공치열이 거기까진 생각 못 했다는 듯 탄식할 때, 두석규가 말했다.

"내가 얼마 전에 뉴스를 봤는데, 이걸로 하는 게 어때? '보험금을 위해 부모를 죽인 인간은 죽는다'라고!"

"아아!"

"그 정도면 이 세상에 필요 없는 인간쓰레기 맞잖아. 안 그래?"

"그렇네요. 저도 동의해요."

거기에 최무정이 덧붙였다.

"부모님 말고 가족으로 확대하죠. 배우자나 아이를 죽이는 인간쓰레기들도 존재할 테니까."

"아아, 그래 그러자고. 합의된 거지? 그럼 그렇게 해본다?"

다른 두 사람의 동의하에 두석규가 천장을 바라보며 외쳤다.

"보험금 때문에 가족을 죽인 인간은 죽는다!"

그 순간, 천장의 게이지가 크게 요동쳤다. 긴장한 얼굴로 지켜보던 세 사람은, 흔들림이 멈추자 황당해졌다.

"에계?"

"뭐야? 고작 저만큼 오른 거야?"

게이지는 바닥에 붉은 실선이 조금 깔린 정도로 그쳤다. 최무정이 심각한 투로 말했다.

"방금 그 조건으로 전 세계에서 몇 명이나 죽었는지는 몰라도, 우린 꽤 많은 인간을 죽여야 할 것 같군요."

"빌어먹을!"

"비슷하게 이런 건 어떻습니까?"

최무정이 안경을 올리며 말했다.

"돈 때문에 사람을 죽인 인간은 죽는다. 이 조건이라면 죽어도 될 쓰레기들 아니겠습니까?"

지구 인류 조절

"음."

"돈 말고 재미로 사람 죽이는 미친놈들도 있잖아요. 그것도 넣어요."

"일리 있군요."

"좋아요. 아! 통틀어서 아예 '자신의 이익을 위해 인간을 죽인 사람은 죽는다'라고 할까요?"

"좋군요."

최무정과 두석규가 동의하자, 공치열이 천장의 게이지를 바라보며 크게 외쳤다.

"자신의 이익을 위해 인간을 죽인 사람은 죽는다!"

즉시 천장의 게이지가 요동치기 시작했고, 빨간 게이지가 제법 오른 뒤에 멈췄다.

"오? 아까보다는 훨씬 많이 올랐는데?"

"저 정도면 2할은 오른 것 같군요."

"그래도 너무 적게 올랐어요. 도대체 인구수를 얼마나 줄여야 하는 거예요, 이거?"

천장을 바라보는 셋의 표정은 제각각이었다. 곧, 최무정이 다른 두 사람을 돌아보며 말했다.

"그럼, 이제 살인죄로는 더 죽일 인간이 없단 말이네요. 현실에서도 살인죄 정도만 사형을 받을 텐데…. 우린 현실보다 더 엄중해져야 하는군요."

"으음."

살인자 외에 이 지구상에서 사라져야 할 인간은 누가 있을까?

단순하게 생각한 최무정이 바로 내뱉었다.

"성폭행은 어떻습니까? 성폭행을 저지른 인간으로 하면 쓰레기를 잘 걸러낼 수 있을 것 같은데 말입니다."

"성폭행? 잠깐."

두석규는 바로 고개를 흔들어 반대했다.

"살인자만 해도 게이지가 저만큼 찼는데, 성폭행범은 훨씬 더 많을 거 아니야? 게이지를 초과해서 죽이진 말자고. 아까 얘기했잖아?"

"그건 그래요. 우리 목적이 사람을 죽이는 게 아니잖아요."

공치열도 반대하고 나서자, 최무정은 고개를 끄덕이며 수긍했다.

"알겠습니다. 그럼 어떻게?"

그 순간, 공치열이 조심스럽게 물었다.

"저기요. 사기범은 안 될까요?"

"뭐? 사기범? 그건 더 많지! 중고 거래만 해도 사기꾼이 넘치는데!"

"그게 사실은…."

조금 망설이던 공치열은 굳은 얼굴로 말했다.

"사실…. 어릴 때 우리 집이 사기를 당했는데, 그 일로 아버진 자살하시고, 어머닌…. 하여간, 사기는 한 가족의 인생을 다 망쳐놓아요. 그것도 살인이나 마찬가지잖아요. 안 그래요?"

"으음. 그런 일이…."

"사기꾼 새끼들 다 죽어야 한다고요."

이를 악물고 내뱉는 공치열의 말에, 최무정이 조심스럽게 대답했다.

"사정은 알겠지만…. 그래도 사기범은 숫자가 너무 많지 않습니까?"

"그렇지만."

공치열이 뭐라 더 말하기 전, 두석규가 불쑥 말했다.

"그렇게 치면 나도 생각나는 게 있지. 음주운전 하는 새끼들도 다 죽여야 해. 우리 아들이 왜 장애인이 됐는데! 그 개새끼는 처벌도 제대로 안 받았어!"

갑자기 흥분한 듯한 두석규의 말에 공치열은 당황했다.

"음주운전 전과자를 다 죽인다고 하면 정말 수억 수천만 명이 죽을지도 모르는데요? 특히 해외는 음주운전 기준도 다른데…."

"알 게 뭐야! 그리고 사기꾼도 죽어야 할 판인데, 음주운전자도 죽어야지!"

"그건…."

그 순간, 최무정이 끼어들었다.

"개인적인 의견을 얘기하는 거라면, 저도 하나 있습니다. 이 세상에 불륜 저지른 사람은 다 죽어야 한다고 생각합니다. 진심으로 말입니다."

증오에 가득 찬 최무정의 강렬한 눈빛만으로도 어떤 사연이 있음이 느껴졌다. 두석규가 조심스럽게 말했다.

"근데 불륜이 죽어야 할 죄라기에는…. 간통죄도 폐지된 세상에 말이야."

"그렇습니까?"

다른 두 사람을 돌아본 최무정이 일단락을 짓듯 말했다.

"솔직하게 말하죠. 지금 우리 셋 모두 특정하여 죽이고 싶은 종자들이 있다고 생각합니다. 사기범, 불륜 커플, 음주운전자 말입니다. 그래도 선택받은 자인데 그 정도는 우리가 원하는 대로 해도 되지 않겠습니까?"

"하지만 그렇게 하면 인류가 너무 많이 죽을 것 같은데…."

"구체적인 조건을 걸면 됩니다. 예를 들어 불륜 커플의 조건은 이렇습니다."

입을 여는 최무정의 얼굴 근육이 짧은 순간 일그러졌다. 그는 차갑게 말했다.

"남편의 동생과 불륜을 저지른 인간쓰레기는 죽는다."

"음!"

"아…."

놀란 둘을 보며 최무정은 담담하고 낮은 목소리로 말했다.

"이런 조건이라면 그리 많은 인간이 죽진 않을 겁니다. 그런 쓰레기가 세상에 많지는 않을 테니까."

"그, 그렇겠네요."

"죽어도 싸네! 그건 쓰레기지."

두 사람의 반응에 고개를 끄덕인 최무정은 말했다.

"배우자의 가족과 불륜을 저지른 인간은 죽는다. 이렇게 하겠습니다."

"알겠어요."

지구 인류 조절

최무정이 천장에 외치자, 게이지가 요동친 뒤에 아주 조금 올랐다. 그 모습을 본 공치열의 두 눈이 커졌다.

"세상에나! 저렇게 많단 말이야? 티도 안 날 줄 알았는데."

"불륜의 왕국이구먼."

두 사람과 달리, 최무정은 누군가를 떠올리는 듯이 먼 곳을 바라보며 침묵했다.

곧, 두석규가 흥분한 목소리로 나섰다.

"좋아! 나도 하겠어. '음주운전으로 누군가를 다치게 한 인간은 죽는다'도 괜찮지?"

"예? 아니, 그건 너무 많은 사람이 죽을 텐데요!"

"알았어! 그럼, 누군가를 '크게' 다치게 한 인간은 죽는다고 하지! 그건 괜찮지? 마음 같아서는 미수범도 죽이고 싶지만, 이 정도로! 어?"

"아으…. 알겠어요."

두 사람이 동의하자, 두석규가 천장을 향해 외쳤다.

"음주운전으로 누군가를 크게 다치게 한 인간은 죽는다!"

붉은 게이지가 요동치기 시작했고, 그 결과는 세 사람을 놀라게 했다. 쭉쭉 올라간 게이지가 절반 가까이 채워졌다.

"세상에!"

"많군요."

"그래. 그 새끼도 뒈졌겠지? 으하하하!"

기쁨의 웃음을 터트리는 두석규를 보며 공치열의 미간이 찌푸려졌다.

"그럼 이제 제 차례죠?"

"세상에 사기꾼은 정말 많을 겁니다."

"알아요. 그래서 이렇게 하려고요. '피해 금액 3억 원 이상 사기범은 다 죽는다'라고요. 어때요?"

"3억 원이라."

"그 정도면 괜찮네!"

다른 두 사람의 동의하에 공치열이 천장에 외쳤다. 바로 요동친 게이지는 눈곱만큼 올랐다.

"생각보다 많이 안 죽네요. 그래도 그 새끼는 죽었겠죠."

속 시원한 얼굴로 천장을 바라보던 공치열은 곧, 두 사람을 돌아보며 물었다.

"이제 나머진 어쩌죠? 절반도 못 채웠는데…."

"그러게나 말입니다. 역시 어쩔 수 없군요. 나머지는 성폭행범으로 합시다."

"그럴까요?"

최무정과 공치열이 합의하려 할 때, 두석규가 인상을 찌푸리며 나섰다.

"잠깐만! 성폭행범으로 하면 너무 많이 죽는다니까? 불필요하게 학살할 필요는 없잖아 우리가?"

최무정이 냉정하게 대꾸했다.

"불필요하게 학살할 필요는 없겠지만, 그런 쓰레기들을 숨 쉬게 두는 것도 불필요하죠."

공치열도 모호하게 동의했다.

"맞아요. 솔직히 성폭행범 정도가 아니면 저 게이지를 채울 방법이 없는 것 같고요. 아직 저렇게나 많이 남았는데요. 우리가 집에는 가야 하잖아요."

"아니…! 하지만!"

두석규는 다급해 보였다.

"그러면 그냥 사기꾼! 모든 사기꾼으로 하자고! 어? 그러면 한 번에 끝까지 찰 거 아니야!"

"그건 성폭행범보다 훨씬 많을 것 같은데요."

"아니, 아니 그…."

허둥지둥하는 두석규에게 최무정이 날카롭게 물었다.

"이상하군요. 성폭행범만 반대하는 이유가 뭡니까? 혹시?"

"아니, 아니! 뭔 소리야!"

"그럼 성폭행으로 하죠. 그보다 더 죽어야 할 인간쓰레기는 없으니까."

"아니 그래도…."

"빨리 치우고 집에 갑시다. '성폭행범은 죽는다'로 합니다."

"으으!"

두석규의 표정이 사정없이 일그러졌다. 곧, 그가 외쳤다.

"그래! 내가 실수를 한 번 했어!"

"예?"

"실수였어 실수! 그러니까, 그건 안 돼!"

눈살을 찌푸린 최무정이 말했다.

"그러니까, 성폭행을 저질렀단 말이군요?"

"으…."

두석규가 부인하지 못하자, 두 사람의 표정이 혐오감으로 물들었다. 두석규는 시선을 외면하며 외쳤다.

"아무튼, 그러니까 성폭행 말고 다른 거로 하자고! 우리 셋이 계속 합의했잖아! 사기꾼! 불륜! 어?"

"허 참."

한숨을 내쉰 최무정이 고개를 끄덕이며 말했다.

"알겠습니다. 근데 그것 말고는 어차피 저 게이지를 채울 만한 게 마땅치 않습니다. 조건을 강화해서 해보죠. 그럼, '미성년자를 성폭행한 인간은 죽는다'로 하겠습니다."

한데, 두석규의 표정이 일그러졌다.

"자, 잠깐만! 그것도 좀…."

"예? "

공치열의 표정이 어이없다는 듯 잔뜩 일그러졌다.

"설마, 미성년자예요?"

"시, 실수야. 실수!"

시선을 피하는 두석규의 모습을 두 사람이 끔찍하다는 표정으로 쳐다보았다. 최무정이 비꼬듯 물었다.

"그럼, 실수가 아니라 일부러 성폭행을 저지른 인간만 죽는다고 하면 괜찮습니까?"

"그, 그건…!"

붉어진 얼굴로 우물쭈물하던 두석규는, 적반하장으로 버럭 소리를 질렀다.

"아이 씨! 한 번만 봐줘 좀! 진짜! 넘어가자고 좀!"

"세상에⋯!"

공치열이 학을 떼며 그의 곁에서 한 발 물러나기까지 하자, 최무정이 차갑게 말했다.

"같은 공간에 더 있고 싶지도 않군요. 빨리 게이지를 채우고 헤어집시다."

"윽."

"그 날짜만 말씀하십시오. 그날을 제외하고 성폭행을 저지른 인간은 죽는다고 하면 되니까."

"어, 어? 어어! 그래! 그러면 되겠네!"

얼른 고개를 끄덕인 두석규가 빠르게 말했다.

"어린이날이었으니까, 5월 5일이야!"

"세상에⋯. 어린이날?"

더할 수 없이 혐오감에 가득 찬 공치열의 표정을, 두석규는 애써 무시하며 말했다.

"그 방법이 딱이네! 좋아 그렇게 하자고! 5월 5일이 아닌 날에 성폭행을 저지른 인간은 죽는다! 모두 동의하지? 그렇지? 내가 그렇게 말할까?"

최무정이 한심하다는 듯 대강 고개를 끄덕였다. 공치열도 마지못해 고개를 끄덕였다.

"오케이! 그렇게 한다!"

두석규는 천장을 향해 빠르게 외쳤다.

"5월 5일이 아닌 날에 성폭행을 저지른 인간은 모두 죽는다!"

순간, 천장의 빨간 게이지가 요동치더니, 순식간에 끝까지 채워졌다.

"좋았어! 됐어! 이제 됐다고!"

두석규는 기뻐하며 두 사람을 돌아보았지만, 그들의 표정은 차가웠다. 움찔한 두석규는 다시 천장을 보며 외쳤다.

"빨리 내보내 달라고! 다 죽었잖아! 어서 빨리!"

다음 순간, 세 사람의 시야가 새까맣게 아득해졌다.

"아아아아아아아…."

*

덜컹거리는 소리를 내며 열차는 터널을 통과했다.

자리에 앉아있던 세 남자가 순간적으로 일어나 열차를 둘러보았다. 세 사람의 눈이 마주친 그 순간, 두석규가 헛기침을 하며 다음 칸으로 빠르게 자리를 옮겼다.

두석규를 본 다른 두 사람의 표정이 일그러졌다.

'삐이! 삐이이이이!'

모두의 휴대폰에서 긴급 재난 알림 문자 수신음이 울렸다. 엄청나게 많은 사람의 돌연사 현상을 알리는 재난 문자가.

*

[이야. 언제 들어도 정말 신기한 이야깁니다.]

지구 인류 조절

텔레비전 화면 속 사회자는 감탄했다. 전 세계적인 유명인이
된 두석규는 호탕하게 웃으며 말했다.

[그때 제가 거기서 그랬죠. 음주운전을 한 쓰레기들은 다 뒈져야 한다
고! 그게 바로 정의라고! 하하하하.]

작가의 말

제가 어떤 글을 쓰는 놈인지 몰랐습니다. '공포 게시판'에 글을 올렸으니 공포물을 쓰는가 보다 싶었죠. 제 글이 어떤 장르인지는 독자들께서 알려주셨습니다. 스릴러, 추리, SF, 우화 등등으로 말입니다. 그렇게 장르를 명명해 주시면 기쁘게 받아들였지만, 어디 가서 스스로를 '무슨' 작가라고 소개하기가 참 민망했습니다. 특히 'SF'가 그랬습니다. SF Science Fiction는 과학소설인데, 제 얕은 글에는 과학이랄 게 없거든요. 그래서 저는 제가 SF를 쓴다는 자의식이 없었습니다. 솔직히 말씀드리면, SF라고 하면 욕먹을 것 같았습니다. 하하.

그런데 더는 피할 수 없는 몇 가지 사건이 일어나고 말았습니다. 첫 번째는 SF를 주제로 강연 요청이 들어온 일이었고, 두 번째는 〈SF8〉이라는 SF 앤솔러지 드라마 시리즈에 제 단편이 원작으로 참여하게 된 일이었습니다. 결국 저는 SF를 쓴다고 말할 수밖에 없었고, 이렇게 SF를 묶은 소설집까지 나오게 되었습니다.

이제는 그 이름을 부정하지 않고, 대신 욕먹지 않을 좋은 작품을 써야겠다고 마음을 다잡아 봅니다. 하지만 이 책의 차례를 구성하면서 다시 느꼈습니다. 아직 많이 노력해야겠구나, 하고요.

하하. 지금도 SF라고 하기는 민망합니다. 하지만 SF의 저변이 점점 넓어지고 있으니, 그중에 저의 가벼운 글도 자리할 곳이 있으리라 믿습니다.

그러니 이 책의 상상을 너그러운 마음으로 봐주시길, 재미있게 즐겨 주시길 바랍니다. 감사합니다!

독자 리뷰

네모**

스토리도 탄탄하고. 장면 전환도 박진감 넘치고, 반전의 반전도 대박.

행복한***

읽는 내내 많은 생각을 하게 만드는군.

커피맛을알아*****

다 봤다. 그것도 재밌게. 나도 안 본 뇌 사고 싶네ㅋㅋㅋ.

쑥*

저는 매일 김동식 소설 읽기 중독에 빠져 있습니다. 그러니까 작품 활동 멈추시면 안 돼요!

선샤*

작가님은 상상력의 끝판왕!

하이*

아 정말 연극으로 만들면 너무너무 좋겠다. 김동식극단 누가 안 만들어주나.

송*

누구나 해봤을 법한 상상, 일상에서 쉽게 접할 수 있는 흔한 소재, 그렇기에 더욱 소름 돋는 이야기.

아스*

악마: 작가님 많이 배워갑니다.

차원의**

어떻게 이렇게 좋은 이야기를 쓰시는지 존경합니다!

찌랑**

어쩐 일로 해피엔딩? ㅋㅋㅋ

차원의**

와. 소름과 함께 몰입도가…. 영화 같아요.

원숭*

많은 생각을 하게 하는 이야기, 재미있어요.

헤르*

작가님. 읽는 사람의 심장도 서서히 쥐어짜는 기술을 습득하셨군요.

동*

와 진짜 작가님 상상력에 박수.

kim**

인간의 속성과 사회의 역할에 대해 깊은 고찰을 한 듯합니다. 읽을 이유가
있네요.

incog**

한창 감동이 물 올랐다가 통수가 얼얼…. 역시 대단한 작가님이셔.

별*

현대판 탈무드랄까요? 생각이 일어나고 행동을 변화시켜주는 글, 감사합니다. 계속 건필해 주시기 바랍니다.

재어**

도서관에서 빌린 『회색 인간』, 앉은 자리에서 다 읽었습니다. 세 시간 반가량을 책 읽는 데 다 쓴 게 너무 신기해요. 덕분에 제 일요일은 날아가 버렸지만ㅋㅋㅋ. 작가님 앞으로도 좋은 글 많이 내주세요!

0*

이제 독자들이 소설가가 되어가고 있어!

원**

매번 새로운 아이디어에 감탄.

술못먹는***

이 이야기가 영화화되면 평점 10점을 드리겠습니다!

쑥*

영화 한 편 본 기분이네요. 작가님 정말 존경합니다. 탄탄한 스토리. 정말 영화로 나와도 되겠어요. 작가님 소설 영화화되면 무조건 관람하러 갑니다!

고현*

평범한 고민이 이렇게 섬뜩하고 기발한 소설로 재탄생하다니….

봄날이✳✳

역시 작가님. 반전 마음에 듭니다. 작가님의 상상력은 어디까지일지…. 작가님이 아들 뻘이지만 진심 존경합니다. 1년 중 350일 정도는 집 안에만 있는데 작가님의 소설을 읽는 것이 기쁨이랍니다. _「나 대신 출근하는 공치열」

Mr.✳✳✳

와. 진짜 훌륭합니다. 감탄하면서 읽었습니다. 나를 제외한 모든 동료가 인간일 때와 로봇일 때의 갭을 날카롭게 표현하신 것 같아요. 여기서 페르소나가 떠오르는 건 왜일까요? 모두들 서로의 본질은 모르고 살아가잖아요? _「나 대신 출근하는 공치열」

미✳

작가님 평소의 글도 너무너무 좋지만, 가끔 써주시는 사랑 이야기에 눈물찡 가슴 저릿한 감동을 느낄 때가 많네요. 자주 써주셔요. _「인생 박물관」

Her✳✳✳

정부와 기업이 합작한 우민화 정책. 실재하지 않는 환상과 쾌락을 안겨주는, 그래서 사람들을 무기력하게 만드는 마약이네요. _「기분 저장기」

윤성✳

기분 저장기라…. 소재 자체도 참신한데, 던지는 메시지도 묵직하다. _「기분 저장기」

HA✳✳

김남우가 황제였네! 모든 권력이 한곳에 집중되면 변질되기 마련이지. 그게 인간이고. _「평범한 사람도 훌륭해지는 행성」

헤르*

아…. 작가님께 또 뒷통수를. _「의심의 화물 우주선」

딩굴**

와아…. 재밌다! 제대로 쫄깃한 단편의 맛! _「남편의 세 가지 비밀」

밤하늘빛***

신뢰를 잃는다는 감정을 느끼게 해주고 싶었나 보네요. 남편과 아내는 서로에 대한 신뢰를 잃어가며 얼마나 괴로웠을까요. 그 감정을 궁금해 미칠 것 같은 호기심과 함께 선사해 줬군요. _「남편의 세 가지 비밀」

날으**

대단합니다. 반전 깜놀! 돌이켜보면 충분히 예상 가능했는데, 그걸 복선이라고 하나요? 이제부터는 한 글자 한 글자 차근차근 되새겨 읽어볼 생각입니다. _「남편의 세 가지 비밀」

피로야**

살자고 모두 죽이면서까지 버텼는데 결국 죽게 됐네요. 남 짓밟으며 성공해 봤자 돌려받는다는 교훈이려나. _「모두가 동의해야 탈출할 수 있다」

미*

인간유형에 관한 이야기가 아닐까…. 모두를 지키려는 자, 내 가족이라도 지키려는 자, 나만 지키려는 자. _「모두가 동의해야 탈출할 수 있다」

ㅎ_*

지금 뉴스 보면 비슷하지 않나? 연예인 사건사고가 끊이지 않고 기업이든 정치든 구린 것 장난 아님. _「그녀는 아들을 죽였는가, 죽이지 않았는가」

Dols**

아…. 진짜 소설을 읽는 저조차도 엄마가 범인인지 아닌지에만 정신이 팔려서 놀이공원 사고에 대해선 쌔까맣게 잊어버리고 있었네요. _「그녀는 아들을 죽였는가, 죽이지 않았는가」

장혁*

무섭지만, 그다지 놀랍지 않은 이유는 우리가 이미 겪어봤다는 거. 현실에서도 진실은 안중에 없죠. 씁쓸하네요. _「그녀는 아들을 죽였는가, 죽이지 않았는가」

※ 카카오페이지 연재 당시 독자들의 댓글을 모은 것입니다. 김동식 소설을 사랑해 주시는 독자분들께 깊은 감사 말씀을 드립니다.

김동식 소설집 9

문어

2021년 3월 10일 1판 1쇄 발행
2024년 9월 10일 1판 13쇄 발행

지은이 김동식
펴낸이 한기호
기 획 김민섭
책임편집 염경원
편 집 도은숙, 정안나, 유태선
마케팅 윤수연
경영지원 국순근
펴낸곳 요다
출판등록 2017년 9월 5일 제2017-000238호
주소 04029 서울시 마포구 동교로 12안길 14 삼성빌딩 A동 2층
전화 02-336-5675 팩스 02-337-5347
이메일 kpm@kpm21.co.kr

ISBN 979-11-90749-13-8 03810

· 요다는 한국출판마케팅연구소의 임프린트입니다.
· 잘못된 책은 구입처에서 교환해드립니다.
· 책값은 뒤표지에 있습니다.